अनुक्रम

गाँधीजी अपने पौत्र कान्हा के साथ मुम्बई तट पर

गाँधीजी साधना करते हुए

गाँधीजी का संक्षिप्त जीवन परिचय

2 अक्टूबर 1869	जन्म: पोरबन्दर, गुजरात।
1883	कस्तूरबा से विवाह।
4 सितम्बर 1888	बैरिस्ट्री पढ़ने के लिये इंग्लैण्ड रवाना।
12 जनवरी 1891	बैरिस्ट्री की परीक्षा में उत्तीर्ण।
10–11 जून 1891	भारत के लिए इंग्लैण्ड से प्रस्थान।
5 जुलाई 1891	भारत लौटे।
6 जुलाई 1891	भारत में रायचन्दभाई से परिचय (जिन्हें बाद में गुरु समान समझा)
16 नवम्बर 1891	बम्बई हाइकोर्ट में दाखिला लिया।
24 मई 1892	वकालत आरंभ करने बम्बई में आगमन।
24 अप्रैल 1893	पोरबन्दर के एक व्यापारिक संस्थान से बैरिस्टर के रूप में दक्षिण अफ्रीका के लिए प्रस्थान
24 मई 1893	डरबन पहुँचे।
3 जून 1893	पीटरमारिटजवर्ग के स्टेशन पर प्रथम श्रेणी रेल के डिब्बे से निकलने का आदेश दिया गया यद्यपि उनके पास प्रथम श्रेणी का रेल टिकट था। गाँधीजी के आदेश न मानने पर पुलिस कान्सटेबल को बुला कर उन्हें जबरदस्ती रेल के डिब्बे से बाहर कर दिया गया और उनके सामान को फेंक दिया गया।
22 मई 1894	प्रवासी भारतीयों के हितों की रक्षा तथा रंग भेद की नीति के विरुद्ध काम करने के लिए एक संस्था की स्थापना का निर्णय।

22 अगस्त 1894	नेटाल इंडियन कांग्रेस की स्थापना की, ताकि रंग-भेद की नीति के विरुद्ध आवाज उठाई जा सके।
3 सितम्बर 1894	नेटाल लॉ सोसाइटी के विरोध के बावजूद नेटाल सुप्रीम कोर्ट में दाखिला मिला।
17 अक्टूबर 1899	वोअर युद्ध का आरम्भ एम्बूलेंस टुकड़ी की स्थापना।
18 अक्टूबर 1901	भारत के लिए दक्षिण अफ्रीका से प्रस्थान सेवा की आवश्यकता होने पर दक्षिण अफ्रीका लौटने का आश्वासन।
27 दिसम्बर 1901	कलकत्ता कांग्रेस के अधिवेशन में दक्षिण अफ्रीका पर प्रस्ताव पास करवाया।
20 नवम्बर 1902	प्रवासी भारतीयों के आग्रह पर पुनः दक्षिण अफ्रीका में आगमन।
1903	ट्रॉसवाल ब्रिटिश इंडिया एसोसिएशन की स्थापना।
1 अक्टूबर 1904	'इन्डियन ओपीनियन' के प्रबन्ध और प्रकाशन की जिम्मेदारी लेना
नवम्बर-दिसम्बर	दक्षिण अफ्रीका में फीनिक्स आश्रम की स्थापना।
सितम्बर 1906	पैसिव रजिस्टैन्स आन्दोलन का आरंभ। गाँधीजी ने इस आन्दोलन का नाम 'सिविल रजिस्टैन्स' आन्दोलन सुझाया अर्थात् सविनय अवज्ञा आन्दोलन।
13 से 22 नवम्बर 1909	लन्दन से दक्षिण अफ्रीका की यात्रा में 'किल्डीनन कैशल' नाम के जहाज में गुजराती में 'हिन्द स्वराज' पुस्तक लेखन
9 जनवरी 1915	भारत में आगमन।
20 मई 1915	कोचरब अहमदाबाद में सत्याग्रह आश्रम की स्थापना।
अप्रैल 1917	चम्पारन में सत्याग्रह
1918	अहमदाबाद में मिल एवं खेड़ा सत्याग्रह।

13 अप्रैल 1919	जलियांवालां बाग हत्याकांड। गाँधीजी ने जनता को शान्त रहने को कहा, गाँधीजी के पंजाब प्रवेश पर रोक।
8 अक्टूबर 1919	गाँधीजी के सम्पादन में 'यंग इंडिया' का प्रकाशन आरम्भ।
1920–21	खिलाफत व असहयोग आन्दोलन।
5 फरवरी 1922	चौरी–चौरा कांड और असहयोग आन्दोलन को रोकना।
10 मार्च 1922	गिरफ्तारी, 21 मार्च को यरवदा जेल में स्थानांतरण जहां मार्च 1924 तक रहे।
17 सितम्बर 1924	हिन्दू–मुस्लिम एकता के लिए 21 दिन का व्रत।
दिसम्बर 1924	बेलगांव कांग्रेस में अध्यक्षता।
दिसम्बर 1928	कलकत्ता कांग्रेस में उपस्थित, यहां 31 दिसम्बर 1928 को भारतीय संविधान के मसौदे को स्वीकृति दी गई।
31 दिसम्बर 1929	लाहौर कांग्रेस के अधिवेशन में गाँधीजी के पूर्ण स्वराज के प्रस्ताव पर सब की सहमति। असेम्बलियों के बहिष्कार पर सब की स्वीकृति।
26 जनवरी 1930	सारे देश में पूर्ण स्वतंत्रता के लिए प्रतिज्ञा ली गई,
19 फरवरी 1930	अखिल भारतीय कांग्रेस द्वारा असहयोग आन्दोलन छेड़ने का निश्चय।
12 मार्च 1930	78 आश्रमवासियों को लेकर गाँधीजी द्वारा नमक कानून को भंग करने के लिए दांडी यात्रा के लिए कूच।
4 मई 1930	गिरफ्तारी, यरवदा जेल मे रखे गए।
26 जनवरी 1931	जेल से मुक्ति।
5 मार्च 1931	गांधी–इर्विन समझौता

29 मार्च 1931	गोलमेज कान्फ्रेन्स में उपस्थित होने के लिए लन्दन के लिए प्रस्थान।
5 दिसम्बर 1931	असहयोग आन्दोलन शुरू करने का निर्णय।
4 सितम्बर 1932	हरिजनों के लिए अलग मताधिकार की योजना के विरुद्ध उपवास।
8 मई 1933	21 दिन का उपवास ताकि हरिजनों की स्थिति में सुधार हो सके। संध्या 6 बजे जेल से मुक्ति।
31 जुलाई 1933	असहयोग आन्दोलन आरंभ।
1 अगस्त 1933	गिरफ्तारी, 23 अगस्त 1933 तक कारागृह में रहे।
17 सितम्बर 1934	कांग्रेस छोड़ने की घोषणा।
28 अक्टूबर 1934	कांग्रेस से पूरी तरह अलग होने की घोषणा।
29 अक्टूबर 1934	कांग्रेस छोड़ दी।
1936	वर्धा में सेवाग्राम आश्रम की स्थापना।
1937	वर्धा शिक्षा योजना।
मई, अक्टूबर व नवम्बर 1938	उत्तर पश्चिमी सीमान्त प्रदेश की यात्रा।
3 मार्च 1939	राजकोट में आमरण उपवास।
7 मार्च 1939	उपवास की समाप्ति समझौता हो जाने पर।
15 अक्टूबर 1940	व्यक्तिगत सत्याग्रह। इस सत्याग्रह में विनोबाजी प्रथम सत्याग्रही घोषित किए गए।
15 जनवरी 1942	जवाहर मेरे उत्तराधिकारी होंगे गाँधीजी ने घोषित किया।
5 मार्च 1942	क्रिप्स का भारत आगमन।
30 मार्च 1942	अखिल भारतीय कांग्रेस द्वारा भारत छोड़ो प्रस्ताव मंजूर किया गया।
8 अगस्त 1942	'भारत छोड़ो आन्दोलन' का प्रस्ताव रखा
9 अगस्त 1942	गिरफ्तारी और आगा खाँ महल में नजरबन्द।

15 अगस्त 1942	महादेव देसाई का देहावसान, गाँधीजी द्वारा चिता दहन। महादेव देसाई गाँधीजी के सचिव थे।
10 फरवरी 1943	आगा खां महल में उपवास आरंभ।
3 मार्च 1943	उपवास की समाप्ति।
22 फरवरी 1944	संध्या के समय कस्तूरबा का देहावसान। गाँधीजी द्वारा काते गए सूत की साड़ी में चिता दहन।
6 मार्च 1944	जेल से रिहाई।
मार्च 1945	कैबिनेट मिशन का आगनन।
जून-जुलाई 1945	शिमला कान्फ्रेंस।
1946	कैबिनेट मिशन योजना की स्वीकृति।
10 अक्टूबर 1946	नोआरवाली तथा पूर्वी बंगाल में अनेक स्थानों पर अशान्ति।
6 नवम्बर 1946	कलकत्ते से नोआरवाली के लिए स्पेशल ट्रेन से प्रस्थान।
जनवरी-दिसम्बर 1946	बंगाल, बिहार और दिल्ली के अशान्त क्षेत्रों में शान्ति का प्रयास।
15 अगस्त 1947	देश के बंटवारे के कारण कलकत्ते में उपवास।
13 जनवरी 1948	साम्प्रदायिक दंगों के विरोध में दिल्ली में उपवास।
16 जनवरी 1948	गाँधीजी की घोषणा—मैं अपना जीवन व्यर्थ समझूंगा यदि भारत और पाकिस्तान में अशान्ति का माहौल बना रहेगा।
18 जनवरी 1948	गाँधीजी ने मौलाना आजाद के हाथों सन्तरे का रस लेकर अपना उपवास तोड़ा।
20 जनवरी 1948	गाँधीजी की प्रार्थना सभा में विस्फोट।
27 जनवरी 1948	गाँधीजी ने कहा की कांग्रेस को भंग करके जनता की सेवा के लिए नई संस्था बनाई जाए।
30 जनवरी 1948	5-17 संध्या बिरला भवन में प्रार्थना के लिए जाते समय हत्या।

गाँधीजी की शव यात्रा (31 जनवरी, 1948)

हर आँख में आँसू था

(गाँधीजी के पौत्र कनु गांधी की पत्नी आभा गांधी का संस्मरण)

1948 की 30 जनवरी की शाम की बात है।

उस दिन सरदार वल्लभभाई पटेल शाम को बापू से मिलने आए थे। साधारणतया जब वह बापू के पास आते थे, तब हम बापू के कमरे में रहते थे। लेकिन आज सरदार कुछ गम्भीर और विशेष बात करना चाहते थे, इसलिए हमें बाहर बैठने को कहा। इस पर मैं और मनु बहन बाहर बरामदे में चले गए।

पांच बजने को आए। प्रार्थना का समय होने की सूचना देने की जिम्मेदारी मेरी थी, इसलिए मैं बार-बार घड़ी देखती थी। जब पांच बजने में दस मिनट रह गए, तो मैं घबराने लगी कि बापू को खबर कैसे दी जाए। मैं बापू की ओर देखती रही, लेकिन वह इतने व्यस्त थे कि उन्होंने मुझे देखा भी नहीं।

बापू इतने गम्भीर थे कि भीतर जाकर कहने का साहस ही नहीं हो रहा था। घड़ी तो दौड़ती जा रही थी। साथ-साथ मेरे हृदय की धड़कन भी बढ़ती जा रही थी। पांच बजकर पांच मिनट हुए, आठ मिनट हुए। अब मुझसे रहा नहीं जा रहा था। बापू हर समय की और खास करके प्रार्थना के समय की खास पाबन्दी रखते थे। यह मैं जानती थी, इसलिए मैं साहस करके भीतर गई और बिना कुछ बोले बापू की घड़ी उनके सामने कर दी।

समय देखते ही बापू बोल उठे, "यह क्या, दस मिनट की देरी हो गई। वल्लभाई प्रार्थना में देरी हो गई। अब मुझे जाना ही चाहिए। अब तो हम, यहां खत्म करें। तुम चाहो तो फिर आ जाना," इतना कहकर बापू खड़े हो गए।

प्रार्थना में देरी हो गई थी, यह बापू को इतना अखरा कि वह रोज जिस रास्ते से प्रार्थना स्थल पर जाया करते थे, उस रास्ते से न जाकर कमरे की बड़ी खिड़की से कूदकर प्रार्थना स्थल की ओर मानो दौड़ने लगे।

नियमानुसार बापू हमें मनु बहन और मझे अपनी जीती-जागती लकड़ी बनाकर प्रार्थना स्थल की ओर तेजी से चलने लगे। बापू के कमरे से प्रार्थना स्थल आज का छोटा रास्ता चार मिनट का था। बापू चलते-चलते मजाक भी करते जाते थे और मुझसे कह रहे थे, "आभा, तुम तो मेरी जीती-जागती घड़ी हो प्रार्थना में ठीक समय पर पहुंचाने की जिम्मेदारी तेरी है, तो आज देर क्यों करवाई? मैं तो तुम्हारे भरोसे रहता हूं। आज देरी हो गई, इसका पाप तुम्हारे सिर। ठीक है न?"

"जी हां," मैंने कहा और फिर बताया, "क्या करूं बापू, आप तो जीती-जागती घड़ी की ओर भी नहीं देखते थे। मैं तो कब से आपकी ओर देखती रही, लेकिन आप तो इतने व्यस्त थे कि आपने मेरी ओर देखा भी नहीं। आपकी बातें इतनी गम्भीरता से चल रही थीं कि मैं भीतर आने का साहस भी न कर सकी। पांच बजकर आठ मिनट हुए, तो मुझसे रहा नहीं गया। साहस करके भीतर आई और आपकी घड़ी आपके सामने कर दी। इसमें मेरा कसूर नहीं, पर फिर भी मैं आज का पाप अपने सिर पर ले लेती हूं।"

"ठीक है, जाओ, पाप तुमको दिया," बापू ने हंसते-हंसते कहा। इतना कहते ही प्रार्थना-स्थल की पगडंडी तक पहुंच गए। प्रार्थना-स्थल पर पैर रखते ही सदा की भांति नमस्ते के लिए उन्होंने दोनों हाथ जोड़े। मुश्किल से 10-15 कदम ही चले होंगे कि बाई ओर से एक युवक तेजी से बापू की ओर झुका। मनु बहन उसको रोकने गईं। उन्हें उस युवक के हाथ का धक्का लगा, जिससे मनु बहन के हाथ में से बापू की माला, थूकदानी, पैड, वगैरह नीचे गिर गए।

मनु बहन उन चीजों को उठाने नीचे झुकीं ही थीं कि इतनी देर में धड़ाधड़ तीन गोलियां बापू पर छूटीं और बापू के सीने में लगीं। पांच बजकर 14 मिनट हुए थे। बापू के मुख से 'हे राम! हे राम!' शब्द निकले। मैं बापू के बगल में थी, सो उनका सारा बोझ मुझ पर आ गया, मैं गिरने लगी। बापू भी मेरे साथ गिरने लगे। मैंने अपने को संभाला। मैं बैठ गई और बापू को अपनी गोद में ले लिया। मेरे विचार में तो बापू उसी समय प्रार्थना-स्थल पर मेरी गोदी में पड़ते ही चले गए थे। लेकिन नियमानुसार डॉक्टर के कहने पर ही यह जाहिर किया गया। बापू को तत्काल बिड़ला हाउस ले जाया गया। डॉ. भार्गव को बुलाया

गया। जवाहरलालजी को और सरदार पटेल को भी खबर दी गई। वे दोनों तुरंत आ गए।

डॉ. भार्गव आए। और अच्छी तरह से जांचने के बाद पंडितजी और सरदार पटेल की ओर देखकर बोले, बापू हमें सदा के लिए छोड़कर चले गए।

बापू के चेहरे पर अपूर्व शांति थी मानो उन्होंने हत्यारे को माफ कर दिया हो।

बापू का शरीर इतना गरम था कि सबको लग रहा था कि बापू जीवित हैं और इलाज के बाद फिर खड़े हो जाएंगे। लेकिन डॉ. भार्गव के ऐलान के बाद सबका भ्रम टूट गया। सारे कमरे में रोने की आवाज फैल गई। पंडित जी तो एक बच्चे की तरह फूट-फूटकर रो रहे थे। वह जरा कमरे से बाहर जाते और फिर वापस आ जाते। आते ही बापू की ओर देखकर फिर एक बच्चे की तरह रोने लग जाते। सरदार पटेल साहस के साथ आंसू रोक रहे थे और हम सबको भी ढांढस बंधा रहे थे। सारा दृश्य करुणा से भरा हुआ था।

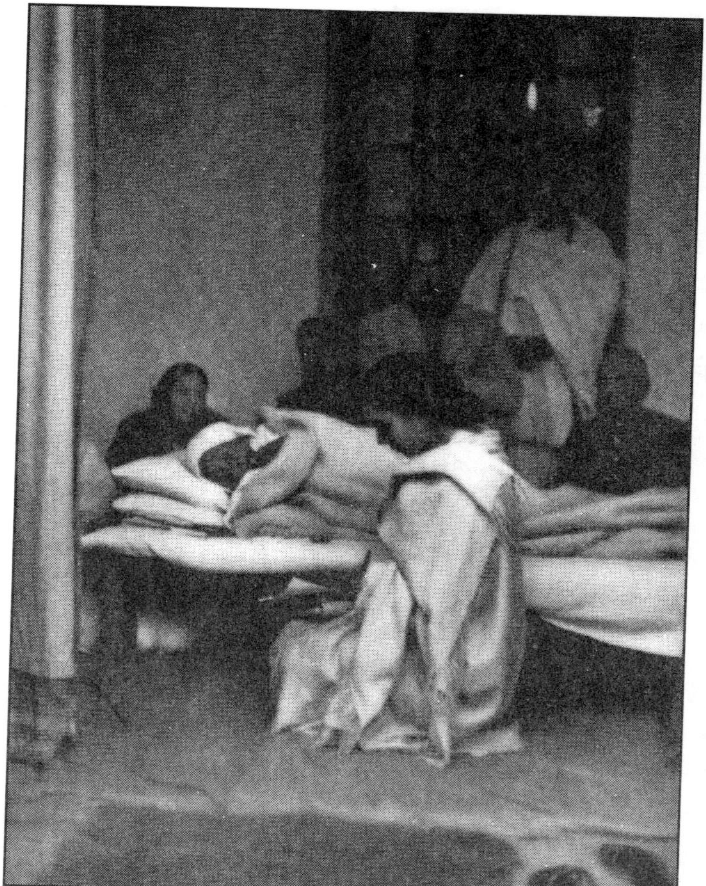

गाँधीजी एक अनशन के दौरान आराम करते हुए

गाँधीजी द्वारा किए गए अनशनों का ब्यौरा

सन् 1913	(फिनिक्स) आश्रम के दो आश्रमवासियों के नैतिक पतन के कारण एक सप्ताह का पश्चात्ताप अनशन।
1 जून 1915	आश्रम के लड़कों द्वारा असत्य व्यवहार का पता चलने पर दिन का अनशन
11 सितम्बर 1915	आश्रम के कुछ व्यक्तियों द्वारा एक हरिजन के प्रवेश पर आपत्ति करने के कारण एक दिन का अनशन।
15 मार्च 1918	अहमदाबाद के मिल मजदूरों के वेतन में वृद्धि करने के लिए अनशन।
6 अप्रैल 1919	सत्याग्रह के प्रथम दिन 1 दिन का अनशन
13 अप्रैल 1919	जलियांवाला बाग हत्याकांड तथा बम्बई और अहमदाबाद की अशान्ति पूर्ण घटनाओं के लिए 72 दिन का अनशन।
19-21 नवम्बर 1921	बम्बई की अशान्ति पूर्ण घटनाओं के लिए व्रत लिया।
28 नवम्बर 1921	हर सोमवार को जब तक स्वतंत्रता नहीं प्राप्त होगी 24 घन्टे का अनशन रखने का व्रत लिया।
12-16 फरवरी 1922	चौरी-चौरा नरसंहार के कारण 17 सितम्बर से 7 अक्टूबर तक हिन्दू मुस्लिम एकता के लिए।

नवम्बर 1925	आश्रमवासियों के नैतिक पतन के कारण।
22 से 24 जून 1928	एक आश्रमवासी के अनैतिक व्यवहार के कारण।
20 से 25 जून 1932	हरिजनों के लिए निर्वाचन व्यवस्था के कारण।
3 दिसम्बर 1932	सरकार द्वारा एक कैदी को शौचालय की सफाई करने पर प्रतिबंध लगाने के फलस्वरूप विरोध प्रकट करने के लिए।
8–29 मई 1932	आत्मशुद्धि के लिए।
16–22 अगस्त 1933	हरिजन कल्याण के काम पर प्रतिबंध लगाने के कारण विरोध प्रकट करने के हेतु।
7–13 अगस्त 1934	जब एक समाज सुधारक ने अपने विरोधी पर लाठी से प्रहार किया। यह विरोधी हरिजन उत्थान को पसन्द नहीं करता था।
3 से 6 मार्च 1939	राजकोट के महाराज द्वारा वादा खिलाफी करने पर।
12–13 नवम्बर 1940	आश्रम में छोटी सी चोरी के कारण दो दिन का व्रत।
5–7, 1941	बम्बई और अहमदाबाद में साम्प्रदायिक दंगे होने के कारण।
29 जून 1941	साम्प्रदायिक एकता के लिए।
3 से 10 मार्च 1943	सरकार के इस प्रचार पर कि 1942 'भारत छोड़ो आन्दोलन' के कारण जो कुछ हुआ उसके लिए कांग्रेस जिम्मेदार है।
30 नवम्बर 1944	एक या अधिक दिनों तक व्रत करने की इच्छा, ऐसी इच्छा का कारण ज्ञात नहीं हो सका।

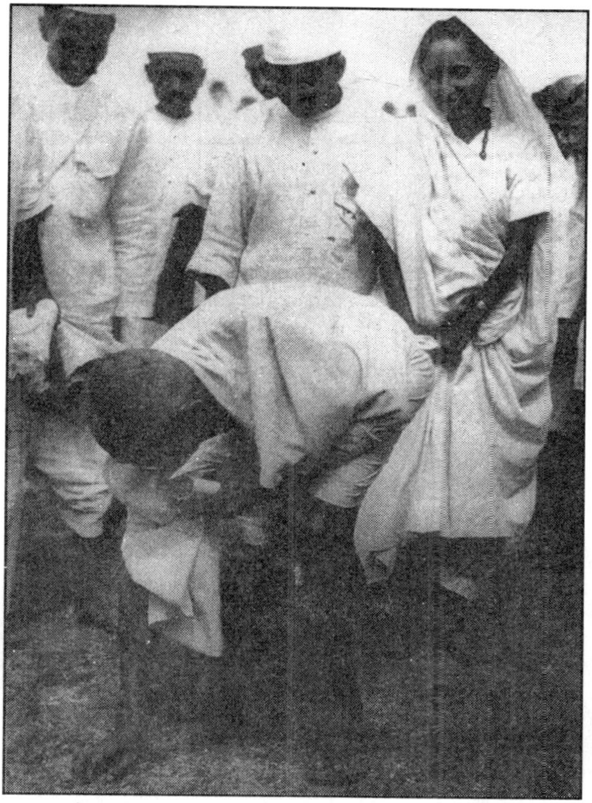

6 अप्रैल 1930, दान्डी में नमक कानून तोड़ते हुए

20 अक्टूबर 1944	संभवतः किसी व्यक्ति के द्वारा उस पत्र में गलती से लिखा गया जिस पत्र का सम्बन्ध मुस्लिम लीग से वार्ता के संदर्भ में था।
15 अगस्त 1947	भारत के बंटवारे के विरोध में था।
1-3 सितम्बर 1947	साम्प्रदायिक एकता के लिए।
11 अक्टूबर 1947	विक्रम संवत के अनुसार जन्म दिन। उस दिन व्रत रखा।

गाँधीजी अपने उत्तराधिकारी नेहरूजी के साथ

गाँधीजी की जेल यात्राएँ

दक्षिण अफ्रीका में

10 जनवरी 1908	पंजीकरण न करने तथा नेटाल न छोड़ने के लिए दो महीने का साधारण कारावास।
7 अक्टूबर 1908	नेटाल से लौटने पर पंजीकरण पत्र जो उन्होंने जला दिया था, न दिखाने पर कठोर कारावास।
25 फरवरी 1909	ट्रांसवाल में तीन महीने की सजा, कारण पंजीकरण पत्र नहीं था।
6 नवम्बर 1913	पामफोर्ड में विशाल पदयात्रा के बाद गिरफ्तारी, 7 तारीख को कैलनबाख की जमानत पर रिहा।
8 नवम्बर 1913	पुनः गिरफ्तारी और जमानत पर रिहा।
9 नवम्बर 1913	गिरफ्तारी तथा 9 महीने के कारावास का दंड। फोक्सरस्ट में फिर गिरफ्तारी तथा तीन महीने की सजा 18 दिसम्बर 1913 को अचानक रिहाई।

भारत में

16 अप्रैल 1917	चम्पारन की यात्रा में जिला छोड़ने का आदेश दिया गया।
10 अप्रैल 1919	पलवल में अमृतसर जाते हुए गिरफ्तार किए गए और बम्बई ले जाकर 11 अप्रैल को छोड़ दिए गए।
10 मार्च 1922	'यंग इंडिया' में तीन लेखों के कारण गिरफ्तार किए गए। छः माह की सजा।

5 मई 1930	12:45 प्रातः डांडी यात्रा के दौरान कराडी में गिरफ्तारी, 26 जनवरी 1931 को बिना शर्त रिहा किए गए।
4 जनवरी 1932	बम्बई में प्रातः तीन बजे गिरफ्तारी, यरवदा जेल ले जाए गए। 8 मई 1933 को उपवास आरंभ किया, उसी दिन 6 बजे संध्या को रिहा किये गए।
1 अगस्त 1933	गिरफ्तार किए गए। प्रातः 4 बजे, 4 अगस्त को रिहा किए गए, सरकार ने शर्त रखी 9.30 प्रातः तक यरवदा की सीमा से बाहर हो जाएं। गाँधीजी ने शर्त मानने से इन्कार किया। इसलिए 4 अगस्त को पुनः गिरफ्तार किए गए और एक वर्ष के कारावास का दंड दिया गया। 16 अगस्त को अनशन आरंभ करने 23 अगस्त को बिना किसी शर्त के रिहा कर दिया, कारण गाँधीजी का स्वास्थ्य खराब हो गया था।
9 अगस्त 1942	भारत सुरक्षा कानून के अंतर्गत गिरफ्तार किए गए गिरफ्तारी का कारण 'भारत छोड़ो' प्रस्ताव था। आगा खां महल, पूना में गाँधीजी को नजरबंद रखा गया। 6 मई 1944 को प्रातः 6 बजे रिहाई, रिहाई पर कोई शर्त नहीं रखी गई थी।

गाँधीजी के प्रमुख तीन आर्दश व्यक्ति

"मुझ पर तीन पुरूषों का गहरा असर हो सका है : टॉलस्टॉय, रस्किन बान्ड और रायचन्द भाई। टॉलस्टॉय का उनका 'वैकुंठ तेरे हृदय में है' पुस्तक के द्वारा और उनके साथ के कुछ पत्रव्यवहार से, और रायचन्द भाई के साथ उनके गहन परिचय से।"

श्रीमद् रायचन्द

(17/11/1867 – 09/04/1900)

श्रीमद् रायचन्द का जन्म सौराष्ट के मोरवी में 17. 11. 1867 को हुआ। उनका जन्म जैन परिवार में हुआ था, इनके पिता वैष्णव तथा मां जैन परिवार से थीं श्रीमद् रायचन्द अत्यंत तेजस्वी, मेधावी शक्तिवाले और महाज्ञानी थे। बचपन से ही उन पर माँ सरस्वती की कृपा थी। सात वर्ष की आयु में पाठशाला गए और आठ साल की आयु में 5,000 पंक्तियों की एक कविता लिखी।

स्मरणशक्ति इतनी तीव्र थी कि 16 साल की आयु में अष्टावधानी बन गए थे। दूसरे साल तो बावन अवधान कर के 'हिन्द के रत्न' का सम्मान प्राप्त किया था और अंत में बम्बई में शतावधान के प्रयोग करके 'साक्षात् सरस्वती' का पद प्राप्त किया था, फिर बाद में उन्हें लगा कि लोकसंग्रह के लिए यह तरीका ठीक नहीं है और उन्होंने तत्क्षण ही इन अवधानों का कार्य बंद कर दिया।

बम्बई में खुद की जौहरी की दूकान पर बैठना शुरु किया, फिर भी जब, धर्म, ज्ञान, की चर्चा के बाद समय मिलता तब गहन चिंतन में डूब जाते।

19 साल की आयु में उन्होंने 'भाव बोध' नामक ग्रंथ की रचना की। 21 साल की आयु में झबकबाई के साथ शादी हुई। सन् 1891 की

जुलाई में गाँधीजी बैरिस्टर होकर आए, इसके बाद वह रायचन्द से मिलने गए थे। यह उनकी प्रथम मुलाकात थी, किन्तु संत प्रकृति के दोनों अभिन्न गाँठ से जुड़ गए।

प्रथम मुलाकात के बाद बापू अपनी 'आत्मकथा' में लिखते हैं: "जो मनुष्य लाखों के सौदे की बात करके तुरन्त आत्मज्ञान की गहन बातें लिखने बैठ जाए, उसकी जाति व्यापारी की नहीं, शुद्ध ज्ञानी की है।" बापू ने उन्हें प्रथम मुलाकात में ही परख लिया और भविष्य में जब भी उन पर संकट आया, तब उनकी (श्रीमद रायचन्द की) राय पत्रों द्वारा माँगी थी।

सन् 1893 में गाँधीजी वकालत के लिए एक मेमण की पीढ़ी के जरिए अफ्रीका गए। वहाँ गाँधीजी अपनी सज्जनता के कारण बहुत लोकप्रिय हो गए। अनेक धर्म के लोग उनके प्रशंसक थे। कितने मुस्लिम और ईसाई दोस्त उन्हें अपने धर्म में लाने की आशा रखते थे। उस समय गाँधीजी के मन में काफी मंथन चल रहा था। अतः उन्होंने अपनी धार्मिक आध्यात्मिक उलझनों के 25 प्रश्नों का पहला पत्र श्रीमद् रायचन्दजी को लिखा और उसका स्पष्ट उत्तर श्रीमद् की ओर से मिला।

श्रीमद् को माता-पिता की ओर से हिन्दू-जैन दोनों धर्म के संस्कार प्राप्त हुए थे। निष्पक्ष रूप से किया हुआ उनका धर्मचिंतन गाँधीजी को सीख देने में बहुत उपयोगी सिद्ध हुआ, ऐसा कह सकते हैं। बाद में तो उनका पत्राचार आगे चलता ही रहा। दूसरे और तीसरे पत्र में गाँधीजी ने धर्म को केन्द्र में रखकर विविध विषयों पर विचार जानने के लिए जिज्ञासा प्रकट की और रायचन्दजी ने उनके उत्तर दिए।

इस तरह धर्म अध्यात्म के क्षेत्र में बापू के विचारगुरु की तरह श्रीमद्रायचन्द का योगदान बहुत बड़ा है। बापू के लिए यह बहुत प्रेरणाबल के रूप में सिद्ध हुआ। सर्वधर्म समभाव के उदय में भी यह पत्राचार उन्हें बहुत उपयोगी सिद्ध हुआ। श्रीमद् द्वारा बापू ने समझा कि 'स्वधर्मे निधनं श्रेयः परधर्मो भयवहः' इस तरह हिन्दू धर्म के मूल तत्त्वों को समझने में भी श्रीमद् की दृष्टि ने बहुत मदद की।

श्रीमद् ने एक महत्त्वपूर्ण पुस्तक उन्हे दी थी: **'आत्मसिद्धि शास्त्र।'**

33 साल की आयु में श्रीमद् ने संसार का त्याग करके वानप्रस्थाश्रम में प्रवेश किया और 34 साल की युवा अवस्था में दिनांक 9.4.1901 राजकोट में उनका अवसान हुआ। उनके जीवन में से चार बातें सीख सकते हैं, ऐसा गाँधीजी ने कहा है: (1) शाश्वत वस्तु में तन्मयता (2) जीवन की सरलता सारे संसार के साथ समान वृत्ति से व्यवहार (3) सत्य (4) अहिंसामय जीवन।

रायचन्द के बारे में गाँधीजी के विचार

(1) 'जो असर मुझ पर रायचन्द भाई से हुआ, वह दूसरे किसी से नहीं हो सका।'

(2) 'हिन्दू धर्म में मुझे संशय पैदा हुआ, उस समय उसके समाधान में मदद करनेवाले रायचन्द भाई थे।'

(3) 'जो मनुष्य लाखों के सौदे की बात करके तुरन्त आत्मज्ञान की गहन बातें लिखने बैठ जाय, उसकी जाति व्यापारी की नहीं शुद्ध ज्ञानी की है।'

(4) 'मेरे जीवन में श्रीमद् रायचन्द का प्रभाव मुख्यत: है। महात्मा टॉलस्टॉय तथा रस्किन से भी अधिक श्रीमद् ने मुझ पर गहरा प्रभाव डाला है।'

श्री रायचन्द द्वारा गाँधीजी को लिखे गए तीन पत्र

(1) गाँधीजी के धार्मिक एवं व्यावहारिक 25 प्रश्नों के बुद्धि एवं अनुभवज्ञान से उत्तर।

(2) दूसरे पत्र में विवेकज्ञान, उसके संभव और उस के साधनों का स्पष्ट चित्र।

(3) तीसरे पत्र में आर्य विचार आचार, आर्य अनार्यक्षेत्र, भक्ष्याभक्ष्यविवेक, वर्णाश्रमधर्म का महत्त्व, जाति-पाँति आदि के भेद और खानपान के पारस्परिक व्यवहार के बारे में।

गाँधी जी के माता-पिता

गाँधी जी का जन्मस्थान पोरबन्दर में

गोपालकृष्ण गोखले

(9-5-1866 से 19-2-1915)

"सर फिरोजशा तो मुझे हिमालय जैसे लगे, लोकमान्य तिलक सागर जैसे लगे, हिमालय चढ़ न सकूँ, सागर में डूबने का भय रहे, गोखले गंगा जैसे लगे। गंगा में मैं नहा सकूँ, गंगा की गोद में खेल सकूं, उस में नाव लेकर तैर सकूं।"

राजनीति के क्षेत्र में भी धर्म और नीति हो सकते हैं। धर्ममय राजनीति की बात करनेवाले श्री गोखलेजी राजनीति के क्षेत्र में महात्मा गांधी के गुरु रहे। 'शठम् प्रति शाठयम्' के बजाय 'शठम् प्रत्यापि सत्यम्' की बात करनेवाले गोखलेजी ने To spiritualise the politics की बात कही।

सन् 1866 में जन्मे गोखलेजी ने कोल्हापुर, पूना और बम्बई में कॉलेज की पढ़ाई पूर्ण की। 20 साल की आयु में अपने सार्वजनिक जीवन का प्रारंभ किया और पूना की डेक्कन एज्युकेशन सोसायटी के आजीवन सदस्य हुए और उसी साल कोल्हापुर में 'अंग्रेजी हकूमत में हिन्दुस्तान' पर सार्वजनिक व्याख्यान दिया।

21 साल की आयु में महाराष्ट्र के जाने-माने नेता और समाज सुधारक श्री महादेव गोविन्द रानाडे के शिष्य हुए और बाद में 'सुधारक' पत्र के अंग्रेजी विभाग के संपादक हो गए।

गोखल जी सन् 1889 में कांग्रेस संस्था के साथ संबद्ध हुए थे। उसी साल के बम्बई अधिवेशन में वे उपस्थित रहे थे।

सन् 1890 की कलकत्ता काँग्रेस में उन्होंने नमक कर घटाने के लिए व्याख्यान दिया था। उसके बाद ठीक 40 साल के बाद गाँधीजी ने नमक कर का कानून तोड़कर सविनय कानून भंग किया था। सन् 1902 में गोखलेजी दिल्ली की धारासभा में चुने गए, तब से उन्होंने करीब-करीब हर साल बजट की बैठक में नमक कर को घटाने के बारे मे कहा है और सन् 1907 में तो उन्होंने नमक कर को संपूर्ण हटाने की बात अपने व्याख्यान में की थी।

गोखलेजी के साथ गाँधीजी की प्रथम मुलाकात सन् 1896 में पूना में हुई थी, तब गाँधीजी ने दक्षिण अफ्रिका में अपने भारतीयों की स्थिति के बारे में गोखलेजी को अवगत कराया।

दक्षिण अफ्रीका की लड़ाई के दौरान उसके समर्थन के लिए गाँधीजी ने गोखलेजी को वहाँ बुलाया था। वहाँ उनका भव्य हार्दिक स्वागत किया गया और गोखलेजी ने वहाँ अनेक सभाओं में वहाँ के आन्दोलन के समर्थन में भाषण दिये थे। सन् 1909 में गांधीजी ने अपनी पुस्तक 'हिन्द स्वराज' उन्हें राय देने के लिए पढ़ने को दी थी, परन्तु पुस्तक के विचार गोखलेजी को पंसद नहीं आए थे और सख्त टिप्पणी करते हुए कहा था कि 'यह एक मूर्ख आदमी की कृति है।' इस दृष्टि से ही गाँधीजी सन् 1914 के अन्त में गोखलेजी से मिलने इंग्लैण्ड गए, तब उन्होंने गाँधीजी को सुझाव दिया था कि, "एक साल तक हिन्दुस्तान को ठीक तरह से देखो और जाहिर में कुछ बोलना या लिखना नहीं है।" उनके मन में ऐसा था कि इस कारण गाँधीजी के 'हिन्द स्वराज' के विचारों में परिवर्तन होगा, किन्तु हुआ इसके विपरीत। गाँधीजी ने ठीक गुरु के वचन का पालन किया।

गोखलेजी सन् 1915 में इस दुनिया से विदा हुए और गाँधीजी उसी वर्ष भारत वापस लौट आए, तब वह 'कर्मवीर गांधी' के नाम से पहचाने जाते थे, क्योंकि दक्षिण अफ्रीका में सत्याग्रह की लड़ाई सफलता पूर्वक लड़कर वापस लौटे थे। गुरु की याद में बिना चप्पल नंगे पैर सारे देश का तीसरे दर्जे में प्रवास किया, किन्तु अन्त में लगा कि उनके 'हिन्द स्वराज' के विचार ही ठीक हैं।

गाँधीजी नेटाल (दक्षिण अफ्रीका) में गोपाल कृष्ण गोखले के साथ

सन् 1909 में सूरत काँग्रेस के अधिवेशन में कांग्रेस दो भागों में विभाजित हो गयी थी। गरम-नरम दल हुए थे, किन्तु विशेषता यह थी कि दोनों के नेता महाराष्ट्र के ही थे। एक दल के नेता थे तिलक महाराज और दूसरे के गोपाल कृष्ण गोखलेजी। गोखलेजी के देहावसान पर उन्हें श्रद्धांजलि देते हुए तिलक महाराज ने कहा "हिन्द का हीरा, महाराष्ट्र का रत्न, कर्तव्यशील नरवीर आज गए। गोखलेजी की महान शक्ति की, उनके मनोबल और हृदयबल की, देशकार्य के लिए उनके अत्यधिक हौसले की, उनकी सच्चाई और तल्लीनता की और हाथ में लिए हुए कार्य को लक्ष्य पर पहुँचाने के निश्चयबल की उनकी इन सर्वशक्तियों की मुझे जितनी पहचान थी, उतनी शायद ही दूसरे किसी को होगी।"

(1896- 'आत्मकथा')
'धर्मात्मा गोखले'

गाँधीजी अपनी पत्नी कस्तूरबा के साथ

लियो टॉलस्टॉय

(28/8/1828 – 7/11/1910)

गाँधीजी के विदेशी गुरुओं में टॉलस्टॉय का नाम प्रमुख है। धर्म, शिक्षा, आर्थिक योजना और समाज रचना के क्षेत्र में वे गुरु समान थे। सत्य, अहिंसा, स्वाश्रय, कला, संयम और संतति-नियमन आदि अनेक विषयों में गाँधीजी ने टॉलस्टॉय के जीवन से प्रेरणा ली थी।

सन् 1828 में रूस में जन्मे टॉलस्टॉय सुखी-संपन्न परिवार के बेटे थे। किसी बात का कष्ट न था। पर बुढ़ापे में घर छोड़कर चल निकले। ये सब किस लिए? उन्होंने जो जिंदगी में देखा, अनुभव किया, यह उसका परिणाम था। उनकी पुस्तक 'तब करेंगे क्या?' क्रांतिकारी पुस्तक है।

शुरू में 21 साल की आयु में उन्होंने किसानों के बच्चों के लिए गाँव में स्कूल बनाया । अपनी जमीन पर ऐसे बच्चों को देखकर उनके दिल में सहानुभूति की भावनाएँ पैदा हुई थीं।

बाद में भाई के साथ फौजी जिंदगी में पड़े, किन्तु वहाँ भी युद्ध के बदले शान्ति का ही उन्हें आकर्षण रहा। अन्त में पाँच साल की नौकरी करके उसे छोड़ दिया। इन अनुभवों में से 'युद्ध और शांति' जैसे उपन्यास की रचना की। छः भाग में प्रकाशित यह उपन्यास सन् 1869 में पूर्ण हुआ। उस पर मिलनेवाले 'नॉबेल पुरस्कार' को भी उन्होंने स्वीकार नहीं किया।

महात्मा गांधी ने सन् 1894 में टॉलस्टॉय का ग्रंथ 'वैकुंठ तेरे हृदय में है' पढ़ा और उनके हृदय में टॉलस्टॉय के लिए सम्मान पैदा हो गया। बाद में गाँधीजी ने उनके बहुत सारे ग्रंथों का अध्ययन किया। गाँधीजी ने सन् 1909 में लिखी अपनी पुस्तक 'हिन्द स्वराज' टॉलस्टॉय को सम्मति के लिये भेजी। उसकी प्राप्ति की सूचना उन्होंने सन् 1910 में गाँधीजी को भेजी थी।

दक्षिण अफ्रीका के सत्याग्रह से टॉलस्टॉय गाँधीजी से परिचित हुए थे और कहा था कि 'दक्षिण अफ्रीका में अहिंसा के जिस कार्य में गाँधीजी लगे हैं, उसमें एक दिन सारे ईसाई और गैर ईसाई सभी को हिस्सा लेना पड़ेगा।'

इस तरह टॉलस्टॉय का आशीर्वाद इस आंदोलन को प्राप्त हुआ। सन् 1909-10 में दोनों के बीच में पत्राच्चार चला था। सन् 1910 में टॉलस्टॉय की स्मृति में गाँधीजी ने 'टॉलस्टॉय फार्म' की स्थापना की। सन् 1910 के अक्टूबर में टॉलस्टॉय ने गहन चिन्तन के बाद एक दिन प्रात: 82 वर्ष की आयु में घर त्याग दिया। और दूसरे महीने के एक रविवार को एक अनजान स्टेशन की बेंच पर चिर निद्रा में सो गए। लोगों को जानकारी हुई तब दो दिन के बाद उनकी अन्तिम क्रिया के समय एक मील लम्बे जुलूस में किसान और छात्र भजन (कोरल) गाते गाते जुड़े गए थे। ऐसे एक क्रांतिकारी की जीवनगाथा हमें हमेशा प्रेरणा देती रहेगी। ऐसे पुरूष हमेशा आनेवाली पीढ़ी को अपने जीवन से प्रेरित करते हैं।

टॉलस्टॉय ने जीवन-परिवर्तन के समय जो तीन निर्णय किये, वे अत्यंत महत्त्वपूर्ण हैं: (1) मेरी देह के साथ मुझे असत्य व्यवहार नहीं करना है। मेरी बुद्धि की दिखायी सच्ची राह पर ही अनुगमन करना है। (2) दूसरे मनुष्य की बराबरी में मैं कुछ अधिक ऊँचा हूँ, मुझे विशेष अधिकार है, मैं कुछ अधिक न्यायी हूँ–यह विचार मुझे दूर करना चाहिए और अपनी भूल मुझे स्वीकार करनी चाहिए। (3) मेरी अपनी तथा दूसरे आदमियों की जिंदगी बचाने के लिए प्रकृति के साथ संग्राम करने का अर्थात् खुद मजदूरी करने का सनातन और निर्विवाद कानून का मुझे पालन करना चाहिए।

विश्वभारती संस्थान में गाँधीजी गुरु रविन्द्रनाथ ठाकुर के साथ

गाँधीजी टॉलस्टॉय के इन विचारों से बहुत प्रभावित हुए थे। तथा हिंसा-अहिंसा, ब्रह्मचर्य, निजी संपत्ति, राष्ट्रप्रेम आदि माम्लों में गाँधीजी और टॉलस्टॉय के विचार में कहीं-कहीं अन्तर भी है, क्योंकि टॉलस्टॉय मुख्यतः लेखक थे, जब कि गाँधीजी मुख्यतः कर्मयोगी थे। गाँधीजी ने अपने आदर्शो के व्यापक प्रयोग शुरू किये थे और उनके द्वारा जनकल्याण के अनेक कार्य किये थे और इन सबमें उन्हें जो अनेक प्रेरक मिले, उनमें टॉलस्टॉय का स्थान प्रथम पंक्ति में आता है।

गाँधीजी दक्षिण अफ्रिका से लौटने पर (1915)

गाँधीजी
के प्रेरक प्रसंग

बापू की नींद

"मौलाना मैं जरा थक गया हूं। आप जरा जल्दी आए हैं। अभी चार-पांच मिनट बाकी हैं। इजाजत दें तो जरा आराम कर लूं," बापू ने कहा।

"बेशक आराम कर लें," मौलाना अबुल कलाम आजाद ने कहा।

बापू लेट गए और एक क्षण में ही नींद में सो गए। नाक से आवाज भी आने लगी। यह देखकर मौलाना साहब तो हैरान रह गए। वह इससे भी ज्यादा हैरान उस समय हुए, जब बापू ठीक समय चार मिनट के बाद अपने आप जाग गए और बैठते ही बोले, "मौलाना साहाब, अब बताइए अपनी बातें। मैं एकदम चुस्त हूं।"

"बापू ! नींद पर भी आपका इतना काबू देखकर तो मैं दंग रह गया हूँ। एक क्षण में तो आप गहरी नींद में सो गए और ठीक समय पर आप अपने आप उठ भी गए।"

"इसमें भी मैं तो ईश्वर की ही कृपा मानता हूं।"

बापू का नींद पर भी गजब का काबू था।

पवित्र मनुष्य

सरदार वल्लभभाई पटेल को गाँधीजी के प्रति अत्यन्त भक्ति और प्रेम था। सन् 1935 में उनको भी गाँधीजी के साथ यरवदा-जेल में रखा गया था। गाँधीजी की तरह वे भी खाने-पीने लगे। वे चाय नहीं पीते थे, खजूर खाने लगे।

बापू से पूछते : "बापू, कितने खजूर लूं?"

बापू कहते : "पन्द्रह।"

"बीस लें तो क्या हर्ज है? पन्द्रह और बीस में कौन बड़ा फर्क है?"

"तो फिर दस ही काफी हैं। दस और पन्द्रह में ही कितना फर्क है?" यह कहकर गाँधीजी मुक्त हँसी हँसते। गाँधीजी की सेवा करने का

सरदार को बड़ा शौक था। लेकिन गाँधीजी स्नान करके आते, तभी कपड़े भी धोकर लाते थे। वह सेवा भी सरदार को मिलती नहीं थी। रात को सरदार उनके चरणों में मस्तक नवाकर ही सोने जाते।

सन् 1932 में जाति पर आधारित चुनाव-पद्धति बदलने के लिए अस्पृश्यों को सवर्णों से अलग न कर देने के लिए गाँधीजी ने जेल में आमरण अनशन शुरू किया। राजाजी (राज गोपालाचार्य, स्वतंत्र भारत के अंतिम गर्वनर जनरल) को यरवदा लाया गया। राजाजी ने सरदार से कहा–"आप गाँधीजी को उपवास न करने को कहिए।"

सरदार बोले–"उनसे बढ़कर अधिक पवित्र मनुष्य मैंने कहीं देखा नहीं। उन्हें मैं क्या बताऊं? उनके लिए उनका अन्तर्यामी ही प्रमाण है।"

एक राष्ट्र का प्रतिनिधि

सन् 1931 दिल्ली में गांधी–इरविन समझौता हुआ। सत्याग्रह की विजय हुई थी। यह पहला समझौता है, जो ब्रिटिश सरकार ने हिन्दुस्तान से स्वयं किया था। गाँधीजी गोलमेज परिषद् के लिए लन्दन जाने को राजी हो गए। बम्बई से जहाज खुल रहा है। चलते-चलते गाँधीजी एक छोटे बच्चे का चुम्बन ले रहे हैं। फोटोग्राफर फोटो ले रहे हैं। जहाज खुल गया।

जहाज अदन पहुँचनेवाला था। अदन की भारतीय तथा अरबी जनता की ओर से गाँधीजी को मानपत्र दिया जानेवाला था। लेकिन उस समारोह के समय तिरंगा झण्डा फहराने की अनुमति वहाँ का पोलिटिकल रेजिडेंट दे नहीं रहा था।

गाँधीजी ने स्वागत समिति के अध्यक्ष से कहा : "रेजिडंट को फोन करके कहिये कि हिन्दुस्तान सरकार के साथ कांग्रेस का समझौता हुआ है। ऐसी स्थिति में आपको राष्ट्रध्वज के लिए इन्कार नहीं करना चाहिए। लेकिन यदि आप अनुमति नहीं देते हैं, तो मैं मान-पत्र नहीं लूँगा।"

फोन किया गया। पोलिटिकल रेजिडंट ने नाज़ुक परिस्थिति पहचान ली और अनुमति दे दी। तिरंगा झण्डा अदन में फहराया गया। लाल सागर और अरब सागर ने यह नज़ारा देखा।

गाँधीजी ने मान-पत्र का उत्तर देते हुए कहा : "जिस राष्ट्रध्वज के लिए हजारों लड़े, मरे, वह ध्वज राष्ट्रीय कांग्रेस के प्रतिनिधि के स्वागत में न होता, कैसे चलेगा? राष्ट्रीय ध्वज के लिए अनुमति देने का यह प्रश्न नहीं है। जहाँ राष्ट्रीय कांग्रेस के प्रतिनिधि को बुलाया गया हो, वहाँ उसके ध्वज को भी सम्मानय स्थान मिलना ही चाहिए।"

तब वहाँ के भारतीयों और अरब नागरिकों को कितना आनन्द हुआ। उस जहाज के सैकड़ों गोरे लोग भी वह प्रसंग देख रहे थे।

अक्षर अच्छे लिखो

"बापू, आपके अपने अक्षर तो खराब हैं और आप हमें अक्षर सुधारने पर इतना जोर क्यों देते हैं?" इसके उत्तर में बापू ने कहा–

"तुम्हारी बात सच है। मेरे अक्षर बहुत ही खराब हैं। इसीलिए तो मैं अब पछताता हूं। तुम लोगों को पछतावा न हो, इसलिए तुम लोगों को चेतावनी देता हूं कि बचपन में अक्षर बनाने का अभ्यास नहीं किया, तो बड़े होकर अक्षर सुधारना बहुत मुश्किल है। बड़ी आयु के लोग जब हमें अपने अनुभव से कुछ बताते हैं, उनके प्रति ध्यान देना हितकारी होता है, इसलिए तुम सबको बार-बार चेतावनी देता रहता हूं।"

"साथ-साथ एक दूसरी सीख भी दे दूं। पेंसिल से भी नहीं लिखना चाहिए, क्योंकि पेंसिल से लिखे अक्षर अस्पष्ट होते हैं। पढ़ने वाले को पढ़ने में कष्ट होता है। इसलिए पेंसिल का अभ्यास एकदम छोड़ देना चाहिए।"

बापू की सीख कई लड़कों ने मान ली और उन्होंने अपने अक्षर सुधार भी लिए तथा पेंसिल से लिखना भी छोड़ दिया।

उस कुटिया के पीछे रख आओ

शाम की प्रार्थना के बाद एक दिन गाँधीजी बैठे हुए इधर-उधर की बातें कर रहे थे। रात कितनी बीत गई, बातों ही बातों में इसका किसी ने खयाल ही नहीं किया। बहुत देर के बाद गाँधीजी उठने को हुए। वह

अभी लेटने की स्थिति में ही थे कि उन्होंने पाया कि उनकी चादर पर एक सांप पड़ा हुआ है। आधे मिनट तक वह मौन रहे, फिर बोले, "दो आदमी यहां आओ और धीरे से इस चादर को उठा कर उस कुटिया के पीछे रख आओ"।

सुनकर लोगों को आश्चर्य हुआ, पर वे नहीं जानते थे कि बात क्या है? वे चादर ले गए और उसे रख देने पर ही वे उस सांप को देख सके। कुछ क्षण तक वह सांप वैसे ही पड़ा रहा, फिर धीरे-धीरे ऐसे चला गया, मानो कुछ हुआ ही न हो।

यन्त्रों की मर्यादा

चार्ली चैपलिन दुनिया को हँसानेवाला व्यक्ति था। फिल्म में काम करता था। वह गरीबी से ऊपर उठा और गरीबों के बीच ही रहता था। वह गाँधीजी से मिला। उसने पूछा–"आप यन्त्रों के खिलाफ क्यों हैं?"

"देश में करोड़ों लोग बेकार हैं। उन्हें कौन-सा उद्योग दूँ? इसलिए चरखा दिया।"

"केवल कपड़े के लिए ग्रामोद्योग?"

"अन्न और वस्त्र के मामले में प्रत्येक राष्ट्र को स्वावलम्बी होना चाहिए। हम स्वावलम्बी थे भी। लेकिन इंग्लैंड में यन्त्रों के कारण अत्यधिक उत्पादन होने लगा। उसे खपाने के लिए वे मण्डी खोजने लगे। भारत के बाजार पर कब्जा जमाकर आप लोग हमारा शोषण कर रहे हैं। क्या इंग्लैण्ड विश्व-शान्ति के लिए खतरा नहीं है? कल हिन्दुस्तान जैसा विशाल देश यदि बृहद् यन्त्रों से उत्पादन करने लगे, तो संसार को कितना बड़ा खतरा है।"

"लेकिन धन का ठीक वितरण हो, काम का समय घटाया जाय, श्रमिकों को अधिक आराम मिले और वे अपने विकास में समय खर्च करने लगें, तो दूसरों को गुलाम बनाकर बाजार को कब्जे में लेने की क्या जरूरत है? तब भी क्या आपका यन्त्रों से विरोध रहेगा?"

"नहीं।" गाँधीजी ने उत्तर दिया

भाई, मैं लोभी ठहरा

एक दिन एक धनिक महाशय गाँधीजी से मिलने के लिए आए। उनकी बातों का कोई अन्त नहीं था। देखते-देखते एक घंटा बीत गया और बाहर दूसरे मिलनेवालों की भीड़ सघन होती चली गई। उनमें एक डॉक्टर भी थे। एक घंटे बाद जब वह धनिक महाशय चले गए तो उनकी जान में जान आई।

अब उनकी बारी थी। वह अन्दर पहुंचे। परेशान तो थे ही। कुछ कठोर होकर बोले, "बापूजी, क्या आप उस बैल को दुह रहे थे? उसमें से कुछ दूध निकला भी?"

अत्यन्त नम्र होकर मानों क्षमा मांग रहे हों, गाँधीजी बोले, "भाई, मैं लोभी ठहरा। जिस तरह तुम सब लोगों की खुशामद करता हूं, वैसे ही उनकी खुशामद भी कर रहा था। शायद किसी दिन देश के काम आ जाएं।"

सफाई ज्ञान का पहला पाठ

गाँधीजी अफ्रीका के सत्याग्रह में सफलता प्राप्त कर हिन्दुस्तान लौट आए थे। अपने गुरु श्री गोखले के कथनानुसार वे समुच देश में घूम रहे थे। सयुक्तप्रान्त (उत्तर प्रदेश) में घूमते समय बिहार के कुछ लोग उनसे मिले। बिहार के चम्पारन में गोरे जमींदारों ने भारी जुल्म मचा रखा था। बिहार के शिष्ट मण्डल के लोगों ने कहा–

"गाँधीजी, आप आइये, हमें रास्ता दिखाइये।"

गाँधीजी बोले–"मैं जरूर आऊँगा। लेकिन आप लोगों को मेरी बात माननी होगी।"

उन्होंने स्वीकार किया–"जैसा आप कहेंगे, हम वैसा ही करेंगे।"

"जेल जाने की तैयारी रखेंगे।"

"जी, हाँ"

बात तय हो गयी और कुछ दिनों बाद चम्पारन के सत्याग्रह के लिए वे दौड़ पड़े। स्वतंत्र भारत के प्रथम राष्ट्रपति डॉ. राजेन्द्र प्रसाद वगैरह

बिहार के सत्याग्रही लोग उसी समय पहले-पहल गाँधीजी से मिले। किसानों का काम तो शुरू हुआ, लेकिन गाँधीजी को सारी जनता के अन्दर चेतना जगानी थी। कई साथी स्वयं सेवकों से उन्होंने कहा कि "आप लोग देहातों में जाएं और किसानों के बच्चों के लिए स्कूल चलायें।" कस्तूरबा भी चम्पारन गयी थीं। एक दिन गाँधीजी ने उनसे कहा-"तुम क्यों कोई स्कूल नहीं शुरू करती? किसानों के बच्चों के पास जाओ, उन्हें पढ़ाओ।"

कस्तूरबा बोलीं-मैं क्या सिखांऊं? उन्हें क्या मैं गुजराती सिखाऊँ? अभी मुझे बिहार की हिन्दी आती भी तो नहीं।

"बात यह नहीं है। बच्चों का प्राथमिक शिक्षण तो सफाई का है। किसानों के बच्चों को इकठ्ठा करो। उनके दाँत देखो। आँखें देखो। उन्हें नहलाओ। इस तरह उन्हें सफाई का पहला पाठ तो सिखा सकोगी।

माँ के लिए यह सब करना कठिन थोड़े ही है। यह सब करते-करते उनके साथ बातचीत करोगी, तो वे भी तुमसे बोलेंगे। उनकी भाषा तुम्हारी समझ में आने लगेगी और आगे जाकर तुम उन्हें ज्ञान भी दे सकोगी। लेकिन सफाई का पाठ तो कल से ही उन्हें देना शुरू करो।"

कस्तूरबा अगले दिन से वही करने लगीं, बालगोपालों की सेवा का असीम आनन्द लूटने लगीं।

गाँधीजी सफाई को ज्ञान का प्रारम्भ मानते थे।

चार्ली, कार्यक्रम कैसा रहा?

गाँधीजी उन दिनों दक्षिण अफ्रीका में थे। एक बार गोपालकृष्ण गोखले ने दीनबन्धु एण्ड्रयूज को उनके पास भेजा। गोखले चाहते थे कि गाँधीजी अपने विचारों में कुछ परिवर्तन करें। बेचारे एण्ड्रयूज को इस काम में तनिक भी सफलता नहीं मिली। उलटे वह स्वयं अपने विचारों में परिवर्तन करके गाँधीजी के शिष्य बन गए।

एक दिन सवेरे गाँधीजी को एण्ड्रयूज से कुछ काम था, लेकिन सब जगह खोज लेने पर भी वे मिल नहीं पा रहे थे। तभी किसी ने आकर

बताया, "बापूजी, आज इतवार का दिन है। एण्ड्रयूज साहब गिरजाघर गए हुए हैं। आज वह वहां प्रार्थना करायेंगे और फिर भाषण देंगे।"

गाँधीजी ने कहा, "तो चलो, हम भी वहीं चलते हैं। एण्ड्रयूज साहब की बातें सुनेंगे।"

और वह तुरन्त गिरजाघर की ओर चल पड़े, लेकिन वह गिरजाघर तो केवल गोरों के लिए था। गाँधीजी थे काले आदमी। वह अन्दर कैसे जा सकते थे? उन्हें रोक दिया गया। कहा, "आप इस गिरजे के अंदर नहीं जा सकते। पास में ही नीग्रो लोगों का गिरजाघर है। उसमें चाहें तो जा सकते हैं।"

गाँधीजी ने उत्तर दिया, "मेरे यहां आने का उद्देश्य एण्ड्रयूज साहब का व्याख्यान सुनना था, इसलिए दूसरे गिरजे में जाना व्यर्थ है।"

वह लौट आए। थोड़ी देर बाद एण्ड्रयूज साहब भी आ गए। गाँधीजी ने उनसे पूछा, "क्यों चार्ली, कार्यक्रम कैसा रहा? मैं भी तुम्हारा भाषण सुनने गया था, लेकिन काला आदमी होने के कारण मुझे गिरजे के भीतर नहीं जाने दिया गया।"

यह सुनकर एण्ड्रयूज साहब की आंखे डबडबा आईं।

गाँधीजी के हाथों को अपने हाथों में लेकर वह बोले, "मोहन, यह कैसी अजीब और शर्म की बात हुई, आज के मेरे व्याख्यान के प्रधान पुरूष तुम थे। मैं मोहनदास करमचन्द गांधी पर बोल रहा था। सभी लोग एकाग्र मन से मेरी बात सुन रहे थे और उन्होंने तुम्हें ही अन्दर आने से रोक दिया।"

बापू की सूक्ष्म अहिंसा

"देखा महादेव, कई नेताओं की जय ध्वनि पुकारी गई, लेकिन सुभाष की जय ध्वनि नहीं पुकारी गई। इससे मुझे दुःख हुआ है। सुभाष और मेरे बीच चाहे कितना ही मतभेद हो, तो भी क्या हुआ? आखिर वह बंगाल का प्रथम सपूत तो है ही। वह भारत माता का भी सपूत है। स्वतंत्रता संग्राम का सैनिक है। उसने भी तो देश के लिए बड़ी कुर्बानी

की है। उसके त्याग को हमें भुलाना नहीं चाहिए। ऐसे वीर की जय नहीं पुकारी गई और वह भी बंगाल में इससे मुझे बड़ा आघात लगा है। ऐसा नहीं होना चाहिए था," बापू ने कहा।

बापू गांधी सेवा संघ की बैठक के लिए मलिकान्दा जा रहे थे। उन्हें विदा करने स्टेशन पर भारी भीड़ जमा थी। लोगों ने अनेक जय ध्वनियां की थीं। ऐसे अवसरों पर हर स्टेशन पर भीड़ देखकर बापू हर समय खुश रहते थे कि हरिजन फण्ड में बड़ी रकम मिलेगी। लेकिन आज वह खुशी दिखाई नहीं दे रही थी। इस पर लोगों को आश्चर्य था, लेकिन कुछ समझ में नहीं आ रहा था। ट्रेन छूटने पर अहिंसा के पुजारी बापू के दुखित हृदय से उपरोक्त विचार फूट पड़े और हमारी समझ में इसका सच्चा कारण आ गया। बापू की इतनी सूक्ष्म अहिंसा के दर्शन फिर से हुए।

हां, सुभाषचन्द्र बोस और बापू में मतभेद हो गया था। सुभाष बाबू की स्वराज पाने की नीति-रीति बिल्कुल अलग थी। इसलिए मतभेद हुआ। लेकिन बापू तो हर किसी के गुण, बहादुरी, देश-प्रेम और बलिदान को ही देखने वाले थे। उनकी अहिंसा की व्याख्या में किसी का अपमान करना बिल्कुल वर्जित था। उसमें भी बापू एक तरह की हिंसा ही मानते थे, इसीलिए बंगाल में सुभाष बाबू की जय न पुकारे जाने को बापू ने उनका अपमान जैसा ही माना। उस समय बापू को बड़ा दुःख हुआ।

बेघर बापू

सन् 1933-34 की बात है। गाँधीजी का अस्पृश्यता निवारण सम्बन्धी दौरा चल रहा था। उड़ीसा का प्रवास अभी-अभी पूरा हुआ था। उस प्रवास में कई दफा पैदल भी घूमना पड़ा था। पैदल घूमना उन्हें बहुत प्रिय था। उड़ीसा से आन्ध्रा में आए। यात्रा शुरू हुई। सत्यधर्म की अमर वाणी देशवासियों को सुनाई देने लगी। जगह-जगह खूब भीड़ होती थी। गाँवों से लाखों लोग आते थे और महात्मा के दर्शन करते थे।

यह कौन आया है? "महात्माजी से मुझे मिलने दो"—कह रहा है। कौन है यह? क्या काम है इसे? वह क्या कोई सनातनी है? क्या शास्त्रार्थ करने आया है? लेकिन उसके चेहरे पर शास्त्रार्थ की वृत्ति नहीं है। निगाहें कुछ और ही हैं।

पूछा गया—"आपको क्या काम है?"

"क्षणमात्र के लिए मुझे उनसे मिलने दीजिये। मैं एक उपहार लाया हूँ। वह महात्माजी के हाथों में मुझे देने दीजिये। 'ना' नहीं कीजिए।' उस व्यक्ति की पलकें भींगने लगीं। गाँधीजी के पास उसे ले जाया गया। एक खादी के रूमाल में लपेटकर वह गाँधीजी का एक चित्र लाया था। बड़ा सुन्दर चित्र था। वह एक चित्रकार था। महात्मा का चित्र बनाकर उसने अपनी तूलिका को पवित्र किया था।

"महात्माजी, यह आपका चित्र मैंने बनाया है। उपहार स्वीकार कीजिए।" चरण-कमलों में प्रणाम करते हुए वह बोला।

गांधाजी ने चित्र हाथ में लिया। देखा। वापस चित्रकार के हाथ में देते हुए उन्होंने कहा—"मैं इसे कहाँ ले जाऊँ? मेरे पास न कोई घर है, न द्वार।

बोझा क्यों बढ़ाऊँ? सामान क्यों बढ़ाऊँ? कहाँ लगाऊँ यह चित्र? कहाँ रखूँ? अब तो इस देह का बोझ भी बुरा लग रहा है। भाई, इसे अपने ही पास रख लो।"

सब गंभीर हो गए।

बापू की उदारता

श्री घनश्याम बिड़ला और गाँधीजी में बड़ा आत्मीय सम्बन्ध था। एक बार बिड़लाजी बीमार थे। बापू ने उन्हें लिखा—"सेवाग्राम आइये। इलाज करूँगा।" राजेन्द्रबाबू, सरदार पटेल नरेन्द्रदेव आदि न जाने कितने लोगों की सेवा उन्होंने सेवाग्राम में की और उनके इलाज का प्रबन्ध किया। सबके प्रति उनका समभाव था। बड़े नेता हों, पूंजीपति हों, छोटा बच्चा हो और चाहे किसी पक्ष का हो। सबसे वे प्रेम करते थे। चाहे राजमहल हो, चाहे झोपड़ी, सूर्य की किरणें सब जगह समान रूप से पहुँचती हैं।

महात्माजी बिड़लाजी को बुलाते थे, लेकिन बिड़लाजी संकोच करते थे। सेवाग्राम में भंगी नहीं है। सारे आश्रम के ही लोग भंगी का काम करते हैं। और बिड़लाजी जहाँ रहने वाले थे, उस जगह की सफाई और वहाँ के आरोग्य की जिम्मेदारी महादेव भाई पर आनेवाली थी। बिड़लाजी को भंगी-काम पसन्द नहीं था। और उनकी पखाना सफाई महादेवभाई करें, यह बात उन्हें सहन नहीं होती थी। इसलिए वे सेवाग्राम आते नहीं थे।

लेकिन गाँधीजी से उनका पाला पड़ा।

बापू ने कहा–"आइये तो एक बार सेवाग्राम। आपको ठीक कर दूंगा। आपका इलाज शुरू करूँगा।"

बिड़लाजी ने अपनी अड़चन बतायी। महादेवभाई को हँसी आयी। गाँधीजी भी हँसे। लेकिन गाँधीजी किसी पर कोई बात लादते नहीं थे। दूसरों की भावना को पहचानते थे और उसकी कद्र करते थे। बापू ने कहा–"आप आइये, आपके लिए कुछ दिन तक एक भंगी रखा जायेगा।"

तब बिड़लाजी आए। कुछ दिन के लिए एक विशेष भंगी का प्रबन्ध किया गया था। ऐसे थे सबको निभाने वाले बापू!

बापूजी चिढ़ गए

रोज की तरह गाँधीजी आश्रम से घूमने निकले। आश्रम के बच्चे भी निकले। हँसते-बोलते टहलना शुरू हुआ। टहलते समय बापूजी के साथ प्रश्नोत्तर चलता ही रहता था।

"बापू, आपसे एक बात पूछूँ?" एक बच्चे ने प्रश्न किया।

"हाँ हाँ, पूछो।"

"अहिंसा का मतलब यही न कि दूसरे को दुःख न दें?"

"बिल्कुल ठीक!"

"आप हँसते-हँसते हमारा गाल चुटकी से पकड़ते हैं, यह हिंसा है कि अहिंसा?"

"शैतान कहीं का! कहकर खिलखिलाकर हँसते हुए बापू ने उसके गाल की जोर से चिकोटी काटी। बच्चे ताली बजा-बजाकर 'बापूजी चिढ़ गए, बापूजी चिढ़ गए' कहते हुए हँसने लगे। महापुरुष भी उस हास्यरस में रम गया।

निश्चित स्थान

बापू रात को सोने से पहले स्वयं अपना सारा दफ्तर अच्छी तरह ठीक-ठाक करते थे। बापू अक्सर कहा भी करते थे, "हमारे सारे काम इतने व्यवस्थित होने चाहिए कि कहीं कोई कसर न रहने पाए। हर चीज निश्चित स्थान पर रखनी चाहिए, ताकि आवश्यकता पड़ने पर अंधेरे में भी वह आसानी से मिल जाए। एक बार इस तरह हरेक कार्य करने का निश्चय कर लो, तो फिर कोई दिक्कत आएगी ही नहीं।"

पिन कुशन

एक दिन बापू की कुटिया में एक प्रवासी आए। बापू से मिले। बापू के नजदीक लकड़ी का एक बक्सा था। इस पर खादी से बनाया हुआ सुंदर पिन कुशन रखा रहता था आगन्तुक को यह बेहद पंसद आया। उन्हें कौतुहल हुआ। उन्होंने उसे उठाकर चारों और घुमाकर देखा। देखने के बाद उन्होंने वापस रख दिया। रख तो दिया, लेकिन स्थान बदल गया था। बापू ने यह देखा और उनको कुछ कहे बिना उनके सामने ही वह पिनकुशन उठाकर फिर अपनी ठीक जगह पर रख दिया। वहां उपस्थित सभी देखते ही रह गए।

यह पिनकुशन था, सूत कातते-कातते टूटे हुए धागे के टुकड़ों का, टूटे हुए धागे, डिजाइन वाली खादी के टुकड़े में रखकर सी लिए गए थे। देखने में बड़ा सुंदर था, इसीलिए उस आगन्तुक को पसंद आ गया था और वह उसे देखते रहे।

स्वच्छता

बापू सुबह-शाम घूमने बाहर जाते थे। रास्ते में चलते समय धूल तो उड़ती ही थी। लौटने के बाद गरम पानी से पैर धोकर ही वह अपनी जगह बैठते थे।

तुम्हारी तो मातृभाषा हिन्दी है।

साबरमती आश्रम में एक विद्यालय था। शिक्षा का माध्यम गुजराती था। अधिकतर विद्यार्थी गुजराती थे। केवल दो महाराष्ट्रीय और एक उत्तर भारतीय, ये तीन गुजराती भाषा भाषी नहीं थे।

उस विद्यालय में गाँधीजी एक दिन तुलसीकृत रामायण और एक दिन जॉन बनियन की 'पिलग्रिम्स प्रोग्रेस' पढ़ाया करते थे। उनका यह नियम था कि अगला पाठ पढ़ाने से पहले वह पिछले पाठ का अर्थ यहां-वहां से पूछ लेते थे, इसलिए सारे विद्यार्थी पिछला पाठ याद करके आते थे। उस दिन उन्हें रामायण पढ़ानी थी। वह आए, पिछले पाठ का एक दोहा उन्होंने पढ़ा और कहा, "इसका अर्थ बताओ।"

पहले दो लड़के उसका अर्थ नहीं बता सके। तीसरे नम्बर पर थे मार्तण्ड उपाध्याय। गाँधीजी ने पूछा, "मार्तण्ड, तुम बताओ इसका क्या अर्थ है?"

अर्थ? मार्तण्ड को भी नहीं आता था। वह समझ बैठे थे कि यह कक्षा तो अहिंदी-भाषियों के लिए है, उनसे कुछ नहीं पूछा जायेगा। लेकिन गाँधीजी कहाँ मानने वाले थे! अपना प्रश्न उन्होंने फिर दुहराया, "बताओ इस दोहे का क्या अर्थ है?"

मार्तण्ड जितना कुछ जानते थे, बता दिए। लेकिन गाँधीजी उस उत्तर से संतुष्ट नहीं हुए। उन्होंने दूसरे, तीसरे, फिर चौथे विद्यार्थी से पूछा। एक ने सही अर्थ बता दिया। गाँधीजी बड़े प्रसन्न हुए और मार्तण्ड की ओर घूमकर बोले, "मार्तण्ड, तुम्हारी तो मातृभाषा हिन्दी है और तुम्हें इस दोहे का अर्थ ठीक से नहीं आया।"

इतने विद्यार्थियों के सामने गाँधीजी ने जो उलाहना दिया तो विद्यार्थी मार्तण्ड को रोना आ गया। वह सहम गए। आंखों से टपटप आंसू गिरने लगे। गाँधीजी बोले, "रोने से क्या होगा? मेहनत करके पाठ याद किया करो। यह मानकर मत चलो कि हिन्दी भाषी को हिन्दी के पाठ याद करने की जरूरत नहीं।"

पहरेवाला भी रो पड़ा

मार्च 1922 में गाँधीजी को सजा हुई। बारडोली का सत्याग्रह स्थगित करने के बाद उन्हें गिरफ्तार करने की जरूरत नहीं थी। लेकिन आन्दोलन रोक देने के कारण गाँधीजी के प्रति जनता और राष्ट्र के नेता क्षुब्ध हैं, यह देखकर उस तेजोमय सूर्य को जेल में ठूँसने का ही सरकार ने निश्चय किया। गाँधीजी ने अपराध स्वीकार किया। उन्होंने कहा– "इस शासन के विरुद्ध असन्तोष पैदा करना मेरा धर्म है।" पहले लोकमान्य को छह वर्ष की सजा दी गयी थी, उसी उदाहरण को सामने रखकर न्यायाधीशों ने गाँधीजी को भी छह वर्ष की सजा सुनायी। छह साल तक राष्ट्रपिता दीखने वाले नहीं थे। महादेवभाई रोने लगे। मुकदमे के समय तात्यासाहब केलकर खास तौर पर इसीलिए अहमदाबाद गए थे। वे महादेवभाई को धीरज बँधा रहे थे। "लोकमान्य को सजा सुनायी गयी थी, तब हम भी ऐसे ही रोये थे"–कहकर महादेवभाई को सान्त्वना देते थे। वह प्रसंग बड़ा गम्भीर और हृदय द्रावक था।

लेकिन बंगाल के उस गाँव के एक मकान में वह संतरी भला क्यों रो रहा है? उस मकान में एक बड़ा क्रांतिकारी रहता था। वह उल्लासकर दत्त ही थे। वे जेल से छूटे थे। उन्हें जरा मतिभ्रम-सा हुआ था, इसलिए सरकार ने उन्हें छोड़ दिया था। वे उस मकान में रहते थे। उनकी स्मरण-शक्ति फिर सतेज हो रही थी। पागलपन मिट रहा था।

वह पहरेदार रो रहा था। उसके हाथ में एक बंगाली अखबार था। उस क्रांतिकारी ने उससे पूछा–"क्यों रोते हो?"

उसने कहा–"मेरी जाति के एक आदमी को छह वर्ष की सजा हुई है। वह बूढ़ा है। 54-55 वर्ष की उसकी उम्र है। देखो, इस अखबार में है।"

अखबार में गाँधीजी के उस ऐतिहासिक मुकदमे की तफसील थी। गाँधीजी ने अपनी जाति किसान बतायी थी और धन्धा कपड़े की बुनाई लिखाया था। वह पहरेवाला मुसलमान था। वह बुनकर जाति का था। यह पढ़कर उसकी आँखे भर आयी थीं।

उस महान् क्रान्तिकारी की समझ में सारी बातें आयीं। वह अपने संस्मरण में लिखते हैं–"हम कैसे क्रान्तिकारी हैं? सच्चे क्रान्तिकारी तो गाँधीजी हैं। सारे राष्ट्र के साथ वे एकरूप हुए थे। मैं किसान हूँ, मैं बुनकर हूँ यह उनका शब्द राष्ट्रभर में पहुँच गया होगा। करोड़ों लोगों को यही लगा होगा कि हममें से ही कोई जेल गया। जनता से जो एकरूप हुआ, जनता से जिसने सम्पर्क जोड़ा, वही विदेशियों के बन्धन से देश को मुक्त कर सकता है। उस सच्चे महान् क्रान्तिकारी को प्रमाण!"

गहरा आघात

सन् 1933-34 के बीच का समय था। अस्पृश्यता-निवारण के हेतु महात्माजी का उपवास समाप्त हुआ था। उपवास के बाद बापूजी ने देशभर में प्रवास किया। वह महापुरूष सब जगह यह कहता फिरा कि अस्पृश्यता मिटाओ, मन्दिर और घर के द्वार खोल दो। महापुरूष धर्म को बार-बार निर्मल रूप देते रहते है। महात्माजी उस समय उस समस्या के साथ मानो तन्मय हो गए थे। अस्पृश्यों को उन्होंने 'हरिजन' नाम दिया। मानो वे कहने लगे कि वे हरि के जन हैं, प्रभु के प्यारे हैं। क्योंकि जिसे मनुष्य दूर करता है, उसे ईश्वर अपनाता है।

उन दिनों गाँधीजी को ऐसे ही सपने आते थे कि हरिजनों के लिए अमुक मन्दिर खुल गया, अमुक कुआँ खुल गया आदि। असल में उन्हें गहरी नींद आती थी। लेकिन उनके मन में हमेशा अस्पृश्यता-निवारण ही बसा हुआ था। एक ही चिन्ता लगी थी।

प्रवास करते करते उड़ीसा आए

महात्माजी ने अस्पृश्यता निवारण के सम्बन्ध में यह सन्देश दिया–

"धर्म तो सबको जोड़नेवाला होता है। यदि हम अपने ही भाई-बहनों को दूर रखते हैं, तो ईश्वर भी दूर रह जाएगा। किसी को नीच न मानिये। सब प्रभु की सन्तान हैं। भेद करना पाप है। अस्पृश्यता रहती है तो सच्चा धर्म नहीं रहेगा। स्वराज्य भी नहीं होगा।"

महात्माजी के साथ कस्तूरबा थीं, महादेवभाई थे। सायंकालीन सभा हुई। प्रार्थना हुई। महात्माजी आराम कर रहे थे । कस्तूरबा को जगन्नाथ के दर्शन करने की इच्छा हुई। वे महादेव भाई से बोलीं–

"तुम चलोगे मेरे साथ? चलो, हम प्रभु के दर्शन कर आएं। वह पावन मन्दिर देख आएं।"

महादेव भाई कस्तूरबा के साथ गए। कस्तूरबा प्रभु के आगे काफी देर खाड़ी रहीं। दोनों लौट आए। महात्माजी को मालूम हुआ कि महादेव और कस्तूरबा दोनों मंदिर गए हैं। महात्माजी बेचैन हुए। उन्हें कुछ सूझता ही नहीं था। दिल धड़कने लगा। बहुत अस्वस्थ हो गए।

इतने में कस्तूरबा आयीं, महादेवभाई आए।

"तुम लोग मन्दिर कैसे गए? मैं अपने को हरिजन अस्पृश्य मानता हूँ। जहाँ हरिजनों को मनाही है, वहाँ हम कैसे जा सकते हैं? मैं औरों को माफ कर देता, लेकिन तुम लोग तो मुझसे एक रूप हो गए हो। तुम्हीं लोग मन्दिर हो आए। जहाँ हरिजन जा नहीं सकते, वहाँ हो आए। छि: मैं यह कैसे सहन करूँ? अपनी वेदना किससे कहूँ? तुम लोग मन्दिर गए, तो मानो मैं ही गया। क्योंकि मेरे साथ के लोगों को देखकर ही मेरी भी परीक्षा की जाती है।"

बापू से बोला नहीं जा रहा था। जोर से दिल धड़क रहा था। नाड़ी तेज चलने लगी। महादेवभाई परेशान हुए। महात्माजी के तो मानो प्राण गले में अटकने लगे। कस्तूरबा और महादेवभाई को यह कल्पना नहीं थी कि परिणाम इतना भयानक होगा। लेकिन अब क्या हो? डॉक्टर दौड़-धूप करने लगे। कस्तूरबा प्रार्थना करने बैठीं। महादेवभाई की जबान बन्द हो गयी।

धीरे-धीरे महात्माजी का मन शान्त हुआ। नाड़ी ठीक हुई। दिल की धड़कन कम हुई। वे शान्त पड़े हुए थे। अनर्थ टल गया। जीवन दान मिला। महादेवभाई लिखते हैं–"सन्तों की सेवा करना, उनके साथ रहना बहुत कठिन है। कब क्या हो जाय, कोई ठिकाना नहीं है।"

महात्माजी कई मामलों में बड़े भावुक थे।

अपव्यय अवांछनीय

साबरमती आश्रम में बापू रहते थे। साबरमती नदी बापू के निवास-स्थान से कुछ दूरी पर ही बहती थी। बापू सुबह मुंह धोते समय, भोजन के बाद हाथ धोते समय, कुल्ला करते समय, जरा-सा ही पानो हाथ में लेते थे। हाथ में से एक भी बूंद गिरने न पाए, इसका पूरा ख्याल रखते थे। इस पर, गुजरात के प्रसिद्ध लोक-सेवक रविशंकर रावल महाराज ने एक बार प्रश्न पूछा, "बापू, आप पानी का उपयोग करने में इतनी कंजूसी क्यों बरतते हैं? यहां तो पानी की कमी नहीं है। नदी तो सामने बहती है।"

बापू ने उत्तर देते हुए कहा, "हमें आवश्यकता से तनिक भी ज्यादा उपयोग नहीं करना चाहिए। ज्यादा इस्तेमाल करने का हमें कोई अधिकार नहीं है। यह तो उपयोग नहीं, दुरूपयोग ही हुआ।"

1942 के सत्याग्रह के दिनों में बा और बापू को ब्रिटिश सरकार ने आगा खां महल में नजरबंद कर रखा था। वहां बा को निमोनिया हो गया। खांसी खूब आती थी। कफ भी निकलता था। बा की कमजोरी दिन-प्रतिदिन बढ़ती जा रही थी। कफ थूकने में कठिनाई होती थी। डॉक्टरों ने मुंह में से बलगम निकालने के लिए रूई और लिण्टन का उपयोग करने को कहा था। बाद में रूई और लिण्टन जला देने की हिदायत भी दे रखी थी। बापू ने देखा कि इस तरह काफी संपत्ति नष्ट हो जाती है। बापू को यह ठीक न लगा। इसलिए उन्होंने सुझाया, "खादी के छोटे-छोटे टुकड़े बनाकर उसका उपयोग करो। बलगम फेंककर इस टुकड़े को ठण्डे पानी से अच्छी तरह से धो लो। अंत में इस टुकड़े को गरम पानी में उबालकर फिर से उसी टुकड़े का उपयोग करो।"

बापू अक्सर कहा करते थे, 'हर एक व्यक्ति देश की संपत्ति में वृद्धि करे। यदि वह ऐसा न कर सके, तो संपत्ति का नाश तो न करे। इतना भी करेंगे, तो मैं मानूंगा कि उसने संपत्ति में एक तरह से वृद्धि ही की है।'

मैं खूब दौड़ता था जिससे....

उस दिन गाँधीजी श्रीमती अरूणा आसफअली के साथ वाइसराय से मिलने गए हुए थे कि पंडित जवाहरलाल नेहरू भंगी-बस्ती में आ पहुंचे। एक कोने में कूदने की रस्सी रखी हुई थी। बस, उसे उठाकर कूदने लगे। मनु से बोले, "तुम्हें रोज सवेरे सौ बार कूदना चाहिए और ऊपर से दूध पी लेना चाहिए। इससे तुम पहलवान बन जाओगी। फिर बुखार कैसे आ सकता है? और तुम्हारे जैसी जवान लड़की को जुकाम भी क्यों हो!"

यें बातें हो ही रही थीं कि गाँधीजी ने कमरे में पैर रखा। जवाहरलालजी के हाथ में रस्सी देखकर बोले, "क्या दोनों कूदने की होड़ लगा रहे हो?"

सब लोग हंस पड़े। हंसते-हंसते जवाहरलालजी बोले, "इस लड़की को रस्सी कूदने के लाभ बता रहा था। वह इस प्रकार करे तो जुकाम और बुखार, जो इसे बार-बार परेशान करते हैं, भाग जाएं। इसे आसन भी करने चाहिए।"

गाँधीजी ने उत्तर दिया, "बिल्कुल सच बात है। जब मैं इंग्लैण्ड में था तो मेरे पास बहुत गर्म कपड़े नहीं थे। वहां बड़ी सख्त सर्दी थी, फिर भी नहाये बिना अच्छा नहीं लगता था। इसलिए मैं खूब दौड़ता था, जिससे शरीर में गर्मी आ जाती थी। मैं वहां अपना स्वास्थ्य बढ़िया रख सका, तो केवल कसरत के प्रताप से ही। लोगों का यह विचार था कि यदि मैं मांसाहारी नहीं बनूंगा, तो काम नहीं चलेगा।"

मानव सेवा

संस्कृत के महान पंडित, परचुरे शास्त्री, साबरमती आश्रम में थे। कुष्ठ रोग से पीड़ित परचुरे अपने जीवन से उकता गए थे और अनशन करके मरना चाहते थे।

"तुम्हें उपवास करके मरना नहीं है। मैं मरने नहीं दूंगा," बापू ने परचुरे शास्त्री से कहा।

बापू ने अपनी कुटिया से करीब 200 फुट की दूरी पर परचुरे शास्त्री के लिए एक कुटीर बनवा दिया। बापू सुबह टहलते समय उनके पास गए और उनका हाल-चाल पूछा। शास्त्रीजी ने बताया, "रात को बड़ा कष्ट हुआ। नींद ही नहीं आई।" बापू ने सुन लिया। टहलते समय कुछ सोच लिया। टहलकर आने के बाद बापू ने अपनी कुटिया के पास धूप में एक खटिया डलवाई। शास्त्रीजी को बुला भेजा। वह आए। बापू ने सरसों का तेल मंगवाया। शास्त्रीजी को खटिया पर लिटा दिया और करने लगे उनकी मालिश। यह देखकर सभी अवाक रह गए। बापू इतनी एकाग्रता से, इतने प्यार और स्नेह से, मालिश कर रहे थे कि वह दृश्य देखकर सब लोग अपने को भाग्यवान मानने लगे।

यह क्रम रोज का हो गया। शास्त्रीजी को इससे सचमुच शारीरिक राहत मिली। फायदा होने लगा।

राम नाम की महिमा

अभी साबरमती का आश्रम शुरू नहीं हुआ था। कोचरब अहमदाबाद का ही एक हिस्सा था। वहां आश्रम था। और काशी से विनोबाजी महात्माजी के दर्शन करने निकले। बनारस हिन्दू युनिवर्सिटी का गाँधीजी का वह तेजस्वी भाषण विनोबाजी ने सुना था। जो उनको चाहिए था, मानो वही उन्हें मिल गया। गाँधीजी के साथ उनका पत्र-व्यवहार हुआ और फलस्वरूप वे उनके पास जा रहे थे।

विनोबाजी आए तो उन्हें क्या दिखा? महात्माजी हंसिये से सब्जी काट रहे थे। सब्जी काटते-काटते दोनों के बीच बातचीत हुई। गीता पर और ईश्वर श्रद्धा पर सम्भाषण चल रहा था।

महात्माजी ने कहा—ईश्वर पर श्रद्धा रखकर जो जीता है, काम करता है, राम नाम जिसका आध्यात्मिक आहार है, वह कभी बीमार नहीं पड़ता।"

विनोबाजी ने कहा—"जी हाँ।"

महात्माजी की राम नाम सम्बन्धी श्रद्धा दिनोंदिन बढ़ती ही गयी और दिल्ली के अन्तिम उपवास में वह उच्चतम स्तर पर पहुँची थी।

गफलत खतरनाक है

मीराबहन को हिन्दुस्तान आए अधिक दिन नही हुए थे। गाँधीजी की तालीम में वे शिक्षित हो रही थीं। वे एक बार दिल्ली में डॉ० अन्सारी के यहां जो दरियागंज में रहते थे ठहरीं। मुसलमानों के आतिथ्य की सीमा नहीं रहती। मीराबहन को पान का बीड़ा दिया गया।

उन्होंने 'ना' कहा।

"पान खाने में क्या बुराई है? पान तो भारतीय सत्कार का चिह्न है। यह आरोग्य की दृष्टि से भी अच्छा है। डॉक्टर पान की महिमा गाने लगे।

उन्हें बुरा न लगे, इसलिए मीराबहन ने पान खा लिया। लेकिन उन्हें लगा कि यह ठीक नहीं किया। उन्होंने यह बात बापू को लिख दी। यह भी पूछा कि कहीं भूल तो नहीं हुई? भूल हुई तो क्षमा करें, यह भी लिख दिया।

गाँधीजी ने निम्न आशय का उत्तर दिया—

"डॉक्टर साहब का ऐसा आग्रह करना ठीक नहीं था। साधक के लिए अनावश्यक वस्तुओं को स्वीकार करना उचित नहीं है। मुसलमान लोग पान देना सभ्यता और प्रेमपूर्ण सत्कार का चिन्ह मानते हैं। लेकिन जीवन में पान की खास जरूरत नहीं है। साधक को तो कदम-कदम पर

सजग रहना चाहिए। कोई पीछे पड़ जाय, तो भी अपना व्रत छोड़ना नहीं चाहिए। ऐसी छोटी-छोटी बातों में दृढ़ न रहने से आगे जाकर वह व्यसन ही बन जाता है और फिर बड़ी बातों में भी फिसलने का भय रहता है।"

गाँधीजी अपने निकटवर्ती लोगों के जीवन को कितनी मेहनत से संवारते थे।

दांत कुएं में फेंक दिया था न?

उस दिन गाँधीजी दांतों के डॉक्टर के यहां अपना एक दांत निकलवाने के लिये गए। सुप्रसिद्ध लेखक श्री जैनेंद्र कुमार और अन्य कई व्यक्ति उनके साथ थे। इधर गांधीजी कुर्सी पर बैठे, उधर एक मित्र ने जैनेंद्रजी से कहा, "ऐसा न हो जैनेंद्र कि दांत डॉक्टर के पास ही रह जाये?"

जैनेंद्रजी बोले, "हां, डॉक्टर उसे रखना तो चाह सकते हैं।"

मित्र ने कहा, "यही तो लेकिन दांत उनके पास जाना नहीं चाहिए।"

जैनेंद्रजी स्वयं भी उसके महत्व को जानते थे। वह सावधान हो गए और जैसे ही दांत खींचकर बाहर आया कि उन्होंने आगे बढ़कर डॉक्टर से कहा, "लाइये, इसे मैं धो दूं।"

अब वह दांत उनके कब्जे में था। धो-पोंछकर उन्होंने उसे रूई में लपेटा और जेब में डाल लिया। अगले दिन एक और मित्र ने पूछा, "वह दांत क्या आपके पास है?"

जैनेंद्रजी बोले, "जी हां, वह सर्वथा सुरक्षित है। भय की कोई बात नहीं है।"

लेकिन भय तो था। गाँधीजी ऐतिहासिक थे। इसलिए उनका दांत भी ऐतिहासिक था। सो धीरे-धीरे अनेक मित्र उसको अपने अधिकार में लेने को उत्सुक हो उठे, लेकिन जैनेंद्रजी थे कि सुनकर भी नहीं सुनते थे और समझकर भी नहीं समझते थे। हर बार विश्वास दिला देते हैं कि वह दांत सुरक्षित है। किसी के लिए चिन्ता का विषय नहीं है, लेकिन एक दिन बातों ही बातों में स्वयं गाँधीजी पूछ बैठे, "जैनेंद्र, वह दांत तुम्हारे पास है?"

जैनेंद्रजी ने उत्तर दिया, "जी, है तो।"

गाँधीजी ने पूछा, "अभी है?"

जैनेंद्रजी ने उत्तर दिया, "जी हां, है। आप क्या कीजिएगा?"

गाँधीजी बोले, "क्या करूंगा? वापस मुंह में तो लगा नहीं पाऊंगा, लेकिन फिर भी भई, है तो वह मेरा न? मुझे दे दो।"

अब जैनेंद्रजी कैसे मना करते, चुपचाप जेब से बाहर निकालकर उनके आगे कर दिया और उन्होंने अपने एक अत्यंत विश्वस्त व्यक्ति को बुलाकर वह दांत उसे सौंप दिया। कहा, "देखो, किसी गहरे कुएं में इसे डाल आओ।"

उस व्यक्ति ने निश्चय ही वह दांत गहरे कुएं में डाल दिया होगा, लेकिन गांधीजी इस प्रकार आसानी से आश्वस्त होने वाले नहीं थे। उससे पूछा, "वह दांत कुएं में फेंक दिया था न?"

उस व्यक्ति ने उत्तर दिया, "जी हां।"

गाँधीजी बोले "गहरे कुएं में फेंका है न?"

उस व्यक्ति ने कहा, "जी हां।"

गाँधीजी फिर बोले, "ठीक याद है? फेंक दिया था?"

उस व्यक्ति ने विश्वास के स्वर में कहा, "जी हां।"

अब गाँधीजी ने गहरी सांस ली।

गांधी कभी धोखा नहीं देगा

अनेक अंग्रेज बापू के मित्र, प्रशंसक तथा भक्त बन गए थे, इसलिए बापू से मिलने भी बहुत आते थे। बातें करते थे। बापू की निष्कपट बातें तथा निष्कपट दिल देखकर कई अंग्रेज भी बहुत प्रभावित होकर जाते थे। किसी ने एक बार बापू से पूछा, "बापू आप तो इस ब्रिटिश राज को खत्म करने निकले हैं। उनके शत्रु बने हैं, फिर भी इतने अंग्रेज आपसे मिलने क्यों आते हैं?" इस पर बापू ने विस्तार से जवाब दिया–

"मैं अंग्रेजों का दुश्मन नहीं हूं। हां, उनकी शोषणयुक्त राजनीति का घोर विरोधी हूं। और इसीलिए, उस राज्य को उखाड़ फेंकने के लिए

सत्याग्रह आंदोलन चला रहा हूं। जब तक स्वराज हासिल न होगा, मैं लड़ता ही रहूंगा। मैंने सत्याग्रह शब्द इस्तेमाल किया है। अक्सर माना जाता है कि राजनीति में सत्य का पालन नहीं हो सकता है अथवा इसकी आवश्यकता भी नहीं है। यह बात मेरी समझ में नहीं आती। सत्य का आग्रही कोई भी व्यक्ति सही अर्थ में सत्याग्रही बनेगा, तो उसको किसी से डर ही नहीं लगेगा। वह निर्भय बन जाएगा, क्योंकि उसका हर एक कार्य खुल्लमखुल्ला होगा। जो छिपाव या दुराव नहीं रखेगा, वह अपने आप अहिंसक भी बन जाएगा। सो हमने एक आचार संहिता बना रखी है। जब तक उस लक्ष्मण रेखा में रहेंगे, तब तक सुरक्षित ही रहेंगे।

"जितनी तीव्रता और प्रामाणिकता से हम इसका पालन करेंगे, उतना अधिक प्रभाव लोगों पर ही नहीं, बल्कि हमारे शत्रुओं पर भी पड़ेगा। वे लोग भी हम पर पूरा विश्वास करने लगेंगे और यह मानेंगे कि ये लोग कभी भी धोखा नहीं देंगे। इसके दर्शन तो हम अपने जीवन तथा अपने आचरण से ही करवा सकते हैं।"

1942 के सत्याग्रह के दिनों में भारत छोड़ो (क्विट इंडिया) और करेंगे या मरेंगे के नारे बापू ने दिए थे। बापू तो साफ कहते थे, "इस बार तो मैं इस ब्रिटिश राज्य का खुल्लम-खुल्ला विरोधी बना हूँ, फिर भी अंग्रेजी सरकार को बापू पर पूरा विश्वास है।"

पुन्नीलाल नाई

गाँधीजी इलाहाबाद गए थे। आनन्द भवन में ठहरे थे। कमला नेहरू स्मारक औषधालय का शिलान्यास करना था, इसलिए आए थे। सन् 1939 के नवम्बर की 23 तारीख थी।

गाँधीजी को एक नाई की जरूरत थी। जवाहरलालजी के निजी सचिव श्री उपाध्यायजी ने एक कुशल नाई को बुलाया। उसका नाम पुन्नीलाल था। श्री उपाध्याय ने उसे साफ खादी के कपड़े पहनने को दिये। वे कपड़े उसे ठीक नहीं लग रहे थे। फिर भी वही पहनकर

आनन्द भवन की दूसरी मंजिल पर वह गया। गाँधीजी अखबार पढ़ रहे थे। उसे देखकर बोले–"अरे, तुम आ गए। तुम अच्छा बाल बनाते हो न?"

नाई नम्रता से मुस्कराता रहा। गाँधीजी के बाल बनाने बैठा। उसने उनकी दाढ़ी भी बनायी। गाँधीजी हँसी-मजाक कर रहे थे। उससे उसके घर की जानकारी पूछ रहे थे। बीच में उन्होंने पूछा–"लगता है कि हमेशा खादी पहनते हो।"

"नहीं। ये कपड़े थोड़े समय के लिए उधार हैं।"

उसका सच बोलना गाँधीजी को अच्छा लगा। गाँधीजी के बाल बनाते समय का श्री उपाध्याय ने एक फोटो खींचा।

काम हुआ। नाई जाने लगा। उसने गांधीजी को प्रणाम किया। बापू ने कहा "तुम अच्छा बाल बनाते हो।"

"तो मुझे सर्टीफिकेट दीजिये।"

"जब तक तुम अच्छा काम करते रहोगे, तब तक सर्टीफिकेट की जरूरत क्या?"

लेकिन नाई पीछे पड़ ही गया। आखिर गाँधीजी राजी हुए। कागज आ गया गाँधीजी लिखने लगे–

आनन्द भवन, इलाहाबाद

भाई पुन्नीलाल ने बड़े भाव से अच्छी तरह मेरी हजामत की है। उनका उस्तरा देहाती है और बगैर साबुन के हजामत करते हैं

मो.क. गाँधी

23. 11. 39

वह नाई इतना खुश होकर गया कि मानो उसे पृथ्वी जितनी मूल्यवान् निधि मिली हो। जवाहरलालजी ने उसे दो रूपये दिये। और उपाध्यायजी से वह फोटो भी ले गया। वह फोटो और वह प्रशस्तिपत्र दोनों पुन्नीलाल के परिवार की अनमोल सम्पत्ति हैं।

मैं तो पैसे का लालची ठहरा

दिल्ली प्रवास में एक बार गाँधीजी का जन्मदिन आया। नगर के कुछ गुजरातियों ने निराश्रितों के लिए कुछ धन इकट्ठा किया और गाँधीजी से तीन बजे अपनी सभा में आने का वचन ले लिया। उन दिनों उन्हें खांसी बहुत अधिक आती थी। सरदार वल्लभाई पटेल को जब इस बात का पता चला, तो उन्होंने गाँधीजी से कहा, "आपको इतनी सख्त खांसी आती है, तब फिर आप किसलिए गुजरातियों की सभा में जा रहे हैं? लेकिन आप तो इतने लालची हैं कि अगर आपको पता चले कि अमुक जगह से पैसे मिलनेवाले हैं तो आप मृत्यु-शैया पर से भी उठकर चले जायेंगे। पैसा क्या इस तरह इकट्ठा किया जाता है? खो-खो करते हुए सभा में जाने की क्या जरूरत है? आप मेरी बता मानेंगे थोड़े ही।"

इतना कहकर सरदार पटेल हंस पड़े। गाँधीजी भी हंस पड़े और वह सचमुच ही उस दिन तीन बजे गुजरातियों की सभा में गए। वहां भाषण देते हुए उन्होंने कहा, "जब नन्दलालभाई ने कहा कि गुजराती लोग मुझसे मिलना चाहते हैं और कुछ पैसा भी देंगे तो मैं पैसे का लालची झट फिसल पड़ा। पर मैंने यह नहीं सोचा था कि मुझे भाषण भी देना पड़ेगा।"

भूल कबूलने की हिम्मत

सन् 1921 में ही बारडोली का आन्दोलन होनेवाला था। लेकिन वह हुआ 1928 में। भला 1921 में क्यों नहीं हुआ? तैयारी तो हो गयी थी। देशव्यापी सत्याग्रह शुरू करने से पहले महात्माजी एक तहसील में प्रयोग करनेवाले थे। वहाँ स्वराज्य की घोषणा करनेवाले थे। यह निश्चय करनेवाले थे कि सरकार की हम नहीं मानेंगे। इसके लिए उन्होंने बारडोली तहसील को चुना था। देशभर में बिजली जैसा वातावरण था। ब्रिटिश हुकूमत को न मानने का सामुदायिक प्रयोग।

लेकिन जहाँ देशभर में बिजली का सा वातावरण था, वहाँ युक्तप्रान्त (उत्तर प्रदेश) के चौरी-चौरा नामक स्थान पर दंगे हुए। पुलिस थाना को

जला दिया गया। लोग क्षुब्ध थे और महात्माजी व्यथित। गाँधीजी विशेष आग्रह के साथ कहते थे कि बारडोली का आन्दोलन यदि सफल करना है तो सारे देश को शान्त रहना चाहिए, कहीं कोई अत्याचार नहीं होना चाहिए। बारडोली आन्दोलन के विषय में उन्होंने वाइसराय को पत्र लिखा था। लेकिन 'चौरी-चौरा की खबर मिली। गाँधीजी ने आन्दोलन स्थगित कर दिया। 'चौरी-चौरा' खतरे का संकेत है। देश शान्त नहीं रह सकता। मुझे आन्दोलन छेड़ना नहीं चाहिए। इस आशय का एक लेख गाँधीजी ने लिखा। वह एक कठोर आत्म परीक्षण था, राष्ट्र परीक्षण था सम्पूर्ण राष्ट्र गाँधीजी का निर्णय सुनकर हताश हुआ।

'केशरी' पत्र ने अपने अग्रलेख में लिखा 'बारडोली का वार खाली गया।' किसी ने कहा कि देश का तेजोभंग करना पाप है। देशबन्धु जेल के अन्दर गुस्से से लाल हो गए। उन्होंने इसे गाँधीजी की भयंकर भूल कहा। लेकिन वह महापुरूष शान्त रहा। गाँधीजी अविचलित रहे।

एक बार किसी ने गाँधीजी से पूछा—आपके जीवन में सबसे महत्त्व का दिन कौन-सा है? कौन-सा दिन आपको बड़ा लगता है? उन्होंने जवाब दिया "सारे राष्ट्र के विरोध के बावजूद बारडोली का आन्दोलन जिस दिन मैंने स्थगित किया, उस दिन को मैं बड़ा मानता हूँ। पीछे हटने का वह दिवस, लेकिन वह सत्याग्रही की दृष्टि से विजय-दिवस था। वह अहिंसा की जीत थी।"

लोगों को वह दिन पराजय का दिन दीखता था, वही महात्माजी को विजय का दिन लगा।

हिसाब तो हिसाब ही है

"जमनालालजी, लो अपने दिए हुए पोस्टकार्ड," बापू ने तीन पोस्टकार्ड जमनालालजी को वापस देते हुए कहा।

बात 1940 की है। बापू को बम्बई जाना था। सेवाग्राम से निकलकर वर्धा आने पर पता चला कि ट्रेन पौन घण्टा देरी से चल रही है। वर्धा शहर में जमनालाल बजाज का बंगला था। उन्होंने बापू से आग्रह करते

हुए कहा, "आप यहीं ठहर जाइए। ट्रेन आने पर आपको स्टेशन पहुंचा देंगे।" बापू ने यह बात स्वीकार कर ली और वहीं ठहर गए। कई लोग मिलने आए थे, उनके साथ बातें करने लगे।

मुलाकात करने के बाद दो-तीन खत लिखने थे, तो उन्होंने जमनालालजी से पोस्टकार्ड मांगे। उन्होंने चार-पांच पोस्टकार्ड दिए। बापू ने उसमें से तीन पोस्टकार्ड लिख दिए और बाकी के वापस कर दिए।

ट्रेन आने पर, बापू स्टेशन पर आए और ट्रेन में अपनी जगह बैठते ही उन्होंने कनु से अपनी छोटी थैली मांगी। कनु ने थैली उनको दे दी। उसमें से उन्होंने तीन पोस्टकार्ड निकले और जमनालालजी की तरफ हाथ बढ़ाया यह देखकर जमनालालजी ने हंसते-हंस्ते कहा, "आपकी बात तो अजीब-सी है। वैसे तो आप हमसे लाखों रूपये मांग लेते हैं और आज तीन पोस्टकार्ड वापस दे रहे हैं।"

"हिसाब तो हिसाब ही है। जो लाखों रूपये लेता हूं, वह दान-स्वरूप लेता हूं और यह आप देते भी है। ये जो तीन पोस्टकार्ड लिए, वे तो आवश्यकता पड़ने पर वापस देने की भावना से लिए थे। आपको ये लेने ही पड़ेंगे। हिसाब साफ रखना चाहिए।"

बापू के अति आग्रह के कारण आखिर में जमनालालजी ने वे पोस्टकार्ड संकोच के साथ ले लिए।

सभी देवता खुश

एक बार सरदार पटेल सेवाग्राम आए हुए थे उन्होंने बापूजी से पूछा– "अखबारों में लिखा है कि लॉर्ड लिनलिथगो ने अपने भाषण की एक प्रति आपके पास पहले ही भेजी थी। उन्होंने वह क्यों भेजी थी? क्या इसलिए कि आप कोई सुझाव दें या रद्दो बदल सुझायें?"

गाँधीजी ने कहा–"लिनलिथगो का वह भाषण तो झूठी बातों की गठरी है। उसमें रद्दो बदल करना या कोई सुझाव देना सम्भव ही नहीं है। वह भाषण एकदम फेंक देने योग्य है।"

सरदार हँसते हुए बोले–"लेकिन सब देवताओं को खुश रखने का

आपका ठाठ ही कुछ और है।" फिर बोले–"आपने जिस लेख में वाइसराय के बारे में दो-एक अच्छे शब्द इस्तेमाल किये हैं, उसी लेख में जयप्रकाश और समाजवाद के बारे में भी आपने अच्छे उद्‌गार व्यक्त किये हैं।"

गाँधीजी हँसते हुए बोले–"हाँ, यह तो सच है, यह मेरी माताजी की सिखावन है। वह मुझे वैष्णव मन्दिरों में भी जाने को कहती, शिवजी के मन्दिर में भी जाने को कहती। और मजे की बात कहूँ? जब मेरा विवाह हुआ, तब हंम दोनों को उसने पूजा करने के लिए केवल सभी हिन्दू मन्दिरों में ही भेजा, सो नहीं, बल्कि दरगाह पर भी ले गयीं थीं।"

बुद्ध का अवतार

चम्पारन की बात है। एक दिन शाम को एक जुलूस निकल रहा था। हो-हल्ला हो रहा था। गाँधीजी ने साथी कार्यकर्त्ता से पूछा–"यह आवाज कैसी है? जुलूस कैसा?" वह बोल नहीं पा रहा था। वह बलि चढ़ाने के लिए बकरी का जुलूस निकला था। महात्माजी उठे। जुलूस में शामिल हो गए। माला पहनायी गयी। बकरी के साथ चलने लगे।

जुलूस देवी के मन्दिर के पास आया। महात्माजी उस बकरी के साथ थे। उन्होंने पूछा–

"बकरी किसलिए बलि चढ़ायी जा रही है?"

"इसलिए कि देवी प्रसन्न हो।"

"बकरी से आदमी श्रेष्ठ है। मनुष्य की बलि देने से देवी अधिक प्रसन्न होंगी। देखो, क्या ऐसा कोई आदमी तैयार है? नहीं तो मैं तैयार हूँ।"

किसी से बोल निकल नहीं रहे थे। सब गूँगे हो गए थे। बापू बोले–"गूँगे जानवर के खून से क्या देवी प्रसन्न होती हैं? यदि वह प्रसन्न होती हों तो अपना अधिक मूल्यवान् रक्त दो। वह क्यों नहीं देते? यह तो धोखा है, अधर्म है।"

"आप हमें धर्म समझाइये।"

"सत्य पर चलो। प्राणिमात्र से प्रेम करो। वह बकरी छोड़ दो। आज यह जगदम्बा आप लोगों पर जितनी प्रसन्न हुई होंगी, उतनी इससे पहले कभी न हुई होंगी।"

सब लोग लौट गए। भगवान् बुद्ध ने 2600 वर्ष पहले एक यज्ञमण्डल बिहार में किया था, वही महात्माजी ने 1916-17 में किया।

व्यायाम से कभी मुंह न मोड़ना

सन् 1937 में गाँधीजी कलकत्ता में सुभाषचन्द्र बोस के बड़े भाई शरतचन्द्र बोस के घर ठहरे हुए थे। उन दिनों महादेवभाई बहुत व्यस्त रहते थे। घूमने भी नहीं जा पाते थे। यह देखकर गाँधीजी ने गगनबिहारी मेहता से जो उन दिनों वहीं रहते थे, कहा, "आप महादेव को अपने साथ घूमने ले जाया करें।"

श्री मेहता उस दिन से बराबर महादेवभाई को अपने साथ घुमाने के लिए ले जाते थे, लेकिन एक दिन काम बहुत था। महादेवभाई थक भी बहुत गए थे। इसलिए इन्होंने घूमने जाने में अपनी असमर्थता प्रकट की। तब गाँधीजी ने उन्हें झिड़क दिया। बोले, "महादेव, किसी दिन तुम बिना भोजन के रह जाओ तो कोई हर्ज नहीं, किन्तु व्यायाम से कभी तुम मुंह न मोड़ना। जाओ भाई, घूमने के लिए जाओ।"

नियम कैसे भंग करूं?

एक घटना 1929 की है। एक दिन बापू को किसी विशेष कारण वश शाम की प्रार्थना में पहुंचने में एक मिनट की देरी हो गई। उनके आश्रम के प्रवेश द्वार पर आते ही वहां उपस्थित व्यक्ति ने छोटा दरवाजा खोल दिया और बापू से भीतर जाने के लिए कहा। पर बापू ने प्रवेश नहीं किया और वह वहीं खड़े रहे।

प्रार्थना पूरी होने पर बापू प्रार्थना स्थल पर पहुंचे और प्रार्थना में भाग न ले सकने का कारण बताते हुए उन्होंने कहा, "मैं प्रार्थना-सभा में कैसे आ सकता था? प्रार्थना तो शुरू हो चुकी थी। मैंने ही तो यह नियम

बनाया है कि प्रार्थना शुरू होने के बाद, प्रार्थना-सभा में कोई प्रवेश न करे। इसीलिए तीनों प्रवेश द्वार पर जालीदार छोटे-छोटे दरवाजे लगवा दिए गए हैं, जिन्हें बन्द करने से दूर से ही पता चल जाए कि प्रार्थना शुरू हो गई है।"

बापू को नियम का पालन करते देखकर किसी ने भी उस नियम का उल्लंघन नहीं किया।

चरखे का महत्व

कर्नाटक के हुबली गाँव में गांधी सेवा संघ का अधिवेशन था। उसमें गाँधीजी बोले–"मैंने अपने भगवान् का नाम चरखा रखा है।" गहरा उद्‌गार था। भारी श्रद्धा थी। ईश्वर के अनन्त नाम हैं। चरखा खाना देता है, सहारा देता है, स्वाभिमान सिखाता है। इसलिए चरखा ईश्वर है, आश्रयदाता है। और गाँधीजी उस ईश्वर के महान् उपासक थे।

एक बार बोलते-बोलते गाँधीजी ने कहा–"मैं कहीं इस चरखे की आसक्ति में फँस तो नहीं जाऊँगा? कहीं ऐसा न हो जाय कि मरते समय राम-नाम के बजाय मुँह से चरखे का नाम निकल जाय।"

पास में ही जमनालालजी बजाज बैठे थे। बोले–"बापू, आप चिंता न कीजिए। चरखे की फिक्र छोड़ दीजिये। उसे जनता मरने नहीं देगी।"

याचना क्यों करूं?

1942 की 9 अगस्त की बात है। इसके पहले 8 अगस्त को बम्बई में अखिल भारतीय कांग्रेस कमेटी ने 'भारत छोड़ो' का प्रस्ताव पास किया। आवश्यकता पड़ने पर जब सत्याग्रह करने का ऐलान किया जाए, तभी सब सत्याग्रह करें, ऐसा आदेश भी दिया गया। 9 अगस्त को सभी नेताओं को गिरफ्तार कर लिया गया। बापू को गिरफ्तारी का वारण्ट दिखाया। एक खत भी दिखाया, जिसमें लिखा था कि यदि कस्तूरबा गांधी गाँधीजी के साथ जाना चाहें, तो उनको भी साथ ले जाना। इस पर बापू ने बा से पूछा, "तुम्हारा क्या विचार है? मेरे साथ आना चाहो, तो तुमको भी साथ ले जाने की बात इस पत्र में लिखी हुई है। क्या मेरे साथ आना चाहोगी?"

"मैं क्यों आपके साथ आऊं? मुझे गिरफ्तार करके आपके साथ ले जाएं, तो दूसरी बात है, लेकिन साथ ले जाने की याचना क्यों करूं? ऐसी गुलामी और लाचारी क्यों दिखाना? हम गुलामी से मुक्त होने स्वराज पाने के लिए सत्याग्रह-आन्दोलन कर रहे हैं। दया क्यों मांगे? मैं तो आज शाम दादर में शिवाजीपार्क में, जहां आपकी सभा रखी गई है, जाऊंगी और आपका संदेश सबको सुनाऊंगी," बा ने इतनी दृढ़ता से कहा कि बापू को बहुत ही अच्छा लगा, क्योंकि बापू खुद भी लाचारी कभी पंसद नहीं करते थे। बा का जवाब सुनकर सभी में भी हिम्मत आ गई।

शाम की मीटिंग के लिए बा डॉ. सुशीला नैयर को साथ लेकर रवाना हुईं। अभी तो बिड़ला हाउस के दरवाजे तक ही पहुंची होंगी कि पुलिस-अधिकारी की मोटर आई और बा से पूछा, "आप शिवाजी-पार्क की सभा में तो नहीं जा रही हैं न?"

"हम तो वहीं जा रहे हैं," बा ने जवाब दिया। "आपको वहां जाने की मनाही करने के लिए मुझे भेजा गया है और यदि वहां जा रही हों, तो आपको गिरफ्तार करने का आदेश भी मुझे दिया गया है। सो मैं आपको गिरफ्तार करता हूँ," अधिकारी ने वारण्ट दिखाया। साथ में सुशीला बहन को भी गिरफ्तार किया।

"अच्छी बात है," बा ने कहा।

"तैयारी करने में आपको कितना समय चाहिए?" पुलिस अधिकारी ने पूछा

"जरा भी नहीं। हमने तो अपना सामान बांधकर ही रखा है," सुशीला बहन ने कहा। मोटरगाड़ी में समान रखा गया। मोटर चलने वाली ही थी कि बिड़लाजी के परिवार वालों ने कहा, "बा, आप बापू के पास ले जाने को कहना।" यह सुनते ही बा ने कहा, "मैं सरकार से क्यों कहूं कि मुझे गाँधीजी के पास ले जाओ।" बा के मुख से निकले इन शब्दों को सुनकर पुलिस अधिकारी स्तब्ध रह गया। इससे सब सुनने वालों को भी बड़ी प्रेरणा मिली।

बापू तो कहते ही थे, मैं तो इस बार खुल्लमखुल्ला क्रांतिकारी (बागी) बना हूं। करेंगे या मरेंगे का मंत्र सिद्ध करना है। बापू के ये शब्द बा बराबर जानती थीं। 73 वर्ष की वृद्धा बा ने सरकार से कुछ भी दया मांगनी नहीं चाही।

नमक अलोना हो जाय तो?

गाँधीजी लिये हुए व्रत को कभी तोड़ते नहीं थे। उनके परिवार के लोगों से उन्हें ऐसा ही संस्कार मिला था। गाँधीजी ने अनेक प्रकार के व्रत लिये थे। लेकिन सूत-कताई व्रत के प्रति उनका विशेष प्रेम था। चाहे जितना काम हो, बड़े-बड़े लोगों की मुलाकातें हों, कांग्रेस की बैठक हो, चर्चा हो, लेकिन वे प्रतिदिन नियम समय पर सूत काते बगैर नहीं रहते थे। यही व्रत आश्रम के अनेक व्यक्ति पालते थे।

एक बार गाँधीजी प्रवास पर थे। प्रवास खूब लम्बा था। साथ में और लोग भी थे। समय मिलते ही गाँधीजी ने अपना चरखा खोला। यह क्या? उसमें पूनी ही नहीं! पूनी रखना ही वे भूल गए थे। उन्होंने महादेवभाई को आवाज दी और कहा-"अरे महादेव, मैं सेवाग्राम से रवाना होते समय पूनी लेना भूल गया। अपने पास से थोड़ी पूनियाँ दोगे?"

महादेवभाई से काफी देर तक बोला नहीं गया। गाँधीजी ने फिर कहा– "दोगे न, महादेव?"

तब महादेवभाई बोले–"बापू, मैं रोज कातता हूँ, लेकिन आज चरखा ही लाना भूल गया।"

महादेवभाई सिर नीचा किये खड़े रहे। बापू की आँखों से आँख मिलाने की हिम्मत नहीं होती थी। फिर गाँधीजी ने दूसरे किसी से पूनी माँगी तो उससे भी वही जवाब मिला।

गाँधीजी गम्भीर हो गए अन्तर्मुख हुए। कुछ गम्भीर विचार में लीन हो गए। लगे हाथों 'हरिजन' के अगले अंक में उन्होंने एक लेख प्रकाशित किया। उसमें उन्होंने लिखा था–"नमक ही अपना खारापन छोड़ दे तो उसका यह अलोनापन कौन मिटाए? वास्तव में जो सूत–कताई का प्रसार करनेवाले हैं, वे ही अपने व्रत की तरफ दुर्लक्ष्य करें, तो उन्हें व्रत–पालन करना कौन सिखाये?"

साधारण लोगों में यह हिम्मत नहीं होती कि अपने दोषों को स्वीकार कर लें। लेकिन गाँधीजी अपनी भूलों को फौरन संसार के सामने खोलकर रख देते थे। उनका मानना था कि यह आत्मशुद्धि का एक उपाय है।

उन्होंने अपने एक लेख में लिखा था–"यदि मनुष्य को अपनी भूल स्वीकार करने में शरम आती है, तो वैसी भूल करने में सौगुना शरम होनी चाहिए।"

नवजीवन का सन्देश

गाँधीजी आंध्र प्रदेश में प्रवास कर रहे थे। आंध्र मलमल जैसी खादी के लिए प्रसिद्ध है। चिकाकोल गाँव में खादी की प्रदर्शनी थी। गाँधीजी वहाँ गए, आंध्र की बहनें चरखा कात रही थीं पास ही पूनी रखी थी। एक–एक पूनी से तीन–तीन सौ तार सूत निकल रहा था। वह अद्‌भुत दृश्य देखकर गाँधीजी का हृदय उमड़ आया और वे चरखा लेकर कातने लगे।

एक के पीछे एक बहन आती और गाँधीजी के चरणों के पास साफ सूत की गुण्डी भेंटस्वरूप रखकर प्रणाम करके चली जाती। लेकिन ये कौन दो बहनें? ये दु:खी हैं। चेहरे पर दैन्य, दु:ख और लज्जा के कई भाव हैं। बापू को प्रणाम कर वे बोलीं–

"हम नीच जाति में पैदा हुई हैं। पशु–पक्षियों से भी हमें हीन समझा जाता है। हम आज से खादी पहनने का व्रत ले रही हैं।"

गाँधीजी ने गम्भीर वाणी में आश्वासन देते हुए कहा–"जन्म से ही कोई पापी नहीं होता। आंप सूत कातिए। ईमानदारी से मेहनत करके गुजारा चलाइए। सदाचारी रहिए। तो आप उत्तम मनुष्य होंगी।"

बापूजी की वाणी गद्‌गद थी। उन दोनों बहनों का मुखकमल आशा से प्रफुल्ल था, मानो नवजीवन मिला हो, नवजीवन प्रारम्भ हुआ हो।

ध्येय-निष्ठा और अलिप्तता

सन् 1908 की बात है। लोकमान्य तिलक को छः वर्ष की कालेपानी की सजा हुई थी, उधर अफ्रीका में गाँधीजी भी जेल में थे।

जोहान्सबर्ग की जेल में दूसरे कैदियों के बीच ही उन्हें रखा गया था। जिस दिन पहली बार उन्हें कोठरी में रखा गया, उस दिन उनके दिल में आँधी थी। उस कोठरी में शराबी, डाकू, चोर और आदि नाना प्रकार के कैदी थे। वे चाहे जो बकते थे, चुहलबाजी करते थे। गाँधीजी रातभर जागते रहे। वह रात वे कभी भूले नहीं।

धीरे–धीरे उनकी वृत्ति शान्त हुई। बदन पर कैदी के कपड़े थे। कड़ी सजा हुई थी। उन्हें पत्थर फोड़ने का काम दिया गया था। एक दिन पत्थर फोड़त-फोड़ते उनके हाथ से खून बहने लगा।

साथी सत्याग्रहियों ने कहा–"बापूजी, काम बन्द कीजिए। अँगुलियों से खून बह रहा है।"

बापू ने कहा–"जब तक हाथ काम करता रहेगा, तब तक करते रहना मेरा कर्तव्य है।" और वह महान् सत्याग्रही पत्थर फोड़ता ही रहा।

जेल में रहते समय एक बार उन्हें कोई गवाही देने के लिए अदालत

ले जाया गया। कोई मित्र अदालत आए हुए थे। "मैं आनन्द में हूँ" इतना ही वे बोले। काम समाप्त होते ही पुलिस के पहरे में वे चल पड़े। यूरोपियन बच्चे गाँधीजी से प्रेम करते थे। वे सब पीछे-पीछे आ रहे थे। लेकिन बापूजी ने एक बार भी पीछे मुड़कर नहीं देखा। ध्येय-सिद्धि के लिए जो महान् यज्ञ प्रज्वलित करना था, उस ओर उनकी दृष्टि थी।

बापू धोबी बने

दक्षिण अफ्रीका में सत्याग्रह चल रहा था। सैकड़ों सत्याग्रही जेल में थे। उनके परिवार की व्यवस्था टॉलस्टॉय फार्म में की गयी थी। कई बहनें अपने बाल-बच्चों को लेकर वहाँ रहती थीं। गाँधीजी को जब भी फुरसत मिलती, इन बहनों को सान्त्वना दिया करते थे। उनका काम भी कर देते थे।

एक दिन गाँधीजी कपड़ा धोने निकले। अलग-अलग बहनों के पास गए और बोले—"धोने के कपड़े दो बहन! मैं धोकर ला दूँगा। नदी जरा दूर है। आपके बच्चे छोटे हैं। टट्टी-पेशाब से सने सारे कपड़े दे दो। दूसरे भी दो। शरमाओ नहीं। तुम्हारे पति वहाँ सत्य के लिए जेल में तपस्या कर रहे हैं। तुम्हारी फिक्र हमें करनी चाहिए। लाओ। सचमुच दो।"

संकोचशील माँ-बहनें ये शब्द सुनकर कपड़े निकालकर देती थीं। उन कपड़ों की काफी मोटी गठरी बाँधकर, पीठ पर लादकर, गांधी नदी ले जाते थे, वहाँ सारे कपड़े ढंग से धोकर, धूप में सुखाकर, तह करके ला देते थे।

मंत्री तो जनता के सेवक हैं

देश के विभाजन से कुछ दिन पूर्व गाँधीजी दिल्ली से कलकत्ता जा रहे थे। मार्ग में पटना स्टेशन पर मंत्रिमंडल के सभी मंत्री उनसे मिलने आए। जनता की भी अपार भीड़ थी। खूब चन्दा इकट्ठा किया। तब तक गाँधीजी मंत्रियों से बातें करते रहे। रेल के रवाना होने का समय आ

गया। परन्तु स्टेशन मास्टर नौकर आदमी ठहरे। मंत्रिगण गाँधीजी से बातों में व्यस्त हों, तो वह गाड़ी कैसे चलाए! साहस करके वह गाँधीजी के पास आए, बोले, "रेल के चलने का समय तो हो गया है, परन्तु आपको जरूरत हो तो रोकूं। जिस समय कहें, उस समय रवाना करूं!"

कोई मंत्री इस प्रश्न का उत्तर दे, उससे पहले ही गाँधीजी बोल उठे, "आप यह पूछने आए हैं, इसमें मैं आपका दोष नहीं पाता। आपको तालीम ही ऐसी मिली है। लेकिन आप जैसे यहां पूछने आए हैं, वैसे क्या हर डिब्बे में पूछने जायेंगे? यदि वहां न जाएं तो आपको यहां भी न आना चाहिए था। मैं कोई हाकिम नहीं हूं। ये मंत्री आपके हाकिम जरूर हैं, परन्तु ये सत्ता के भाव से मुझसे मिलने नहीं आए। आपका फर्ज है कि आप कानून के रुल से जब गाड़ी रवाना करनी है, तब सीटी बजा दें। हां, आपके अफसरों ने किसी कारण से आपको कोई लिखित कार्यक्रम दिया हो तो बात दूसरी है। परन्तु यदि ऐसा नहीं है तो आपको सदा की तरह काम करते रहना चाहिए। मंत्रियों को देखकर आपको घबराना नहीं चाहिए। ये तो जनता के सेवक हैं। आपको इनके सामने निडर बनना चाहिए। मंत्रियों को भी आप लोगों को नौकर न समझकर छोटे भाई समझना चाहिए। तभी हम सच्चे लोकतंत्र का आनन्द लूट सकेंगे।...

आपको. उलाहना नहीं देता, आप दुःख न मानें, परन्तु यह हम सबको शिक्षा देने वाला मौका मिल गया, इसलिए इस सम्बन्ध में न कहूं तो आपको क्या पता चले और (विनोद में) मैं तो शिक्षक ठहरा! इसलिए मेरे स्वभाव में ही यह चीज है कि जब मेरी अन्तरात्मा को भूल मालूम हो, तब उसे सुधारे बिना मुझसे नहीं रहा जाता। चलिए, आपको इतने मिनट दिये। अब आप अपनी सुविधा से गाड़ी रवाना करने में संकोच न कीजिए।"

स्टेशन-मास्टर ने गाँधीजी को प्रणाम किया। वह बहुत खुश थे। बोले, "महात्माजी की कैसी महानता और विशालता है, नौकरी लगने के बाद तैंतालीस वर्ष की उम्र में ऐसे निडरता और बड़े अनुशासन का यह पहला ही उदाहरण है, इसीलिए तो महात्माजी देश के राष्ट्रपिता कहलाते हैं।"

अतिथि देवो भव

सेवाग्राम में बापू से मिलने अनेक यूरोपियन भी आते थे। वहां तो फ्लश पाखाने की कोई भी व्यवस्था थी ही नहीं। लकड़ी की एक पेटी को बीच में से गोल काटकर, बापू के लिए कमोड बनाया गया था। वही कमोड विदेशियों की सुविधा के लिए बापू उनके निवास-स्थान पर रखवा देते थे। नोआखली में नेहरूजी बापू से मिलने आए थे। उनके लिए भी बापू ने अपना कमोड रखवा दिया था। यह देखकर पंडितजी ने नाराजगी प्रकट करते हुए कहा, "यह क्या किया? बापू तो बड़े दिल के हैं। हमें उनकी उम्र का भी ख्याल करना चाहिए। उनको कमोड के बिना तकलीफ होगी, यह भी हमें सोचना चाहिए। इसे वापस ले जाओ।"

"लेकिन यह आपके लिए भेजा है। वापस ले जाएंगे, तो बापू हम पर नाराज होंगे।"

यह सुनते ही नेहरूजी ने फौरन कहा, "बापू से कहना कि जिनके लिए भेजा था, उन्होंने ही वापस भेजा है। उनको इसकी आवश्यकता नहीं है। मैं तो जवान हूं। मुझे इसकी आवश्यकता नहीं पड़ेगी। मैं तो हर प्रकार की व्यवस्था में अपने आपको ढाल लेने का आदी हूं।" यह सुनते ही कमोड बापू के पास वापस ले जाना ही पड़ा।

बापू ने कारण पूछा। तब उन्हे पंडितजी की कही बातें बताईं। यह सुनते ही बापू बोले, "जवाहर तो जवाहर ही है।"

कहने का मतलब यह है कि बापू हरेक की सुविधा का पूरा-पूरा ख्याल रखते थे और उनको जो भी सुविधा देनी होती थी, वह देने को हमेशा तैयार रहते थे। व्यवस्था करने पर भी कोई चीज न मिलती, तो बापू खुद अपनी चीज देकर भी अतिथि की सुविधा का ध्यान रखते थे।

अब तुम्हारी बारी है

अस्पृश्यता निवारण के सम्बन्ध में उन दिनों गाँधीजी उड़ीसा में पैदल यात्रा कर रहे थे। सायंकाल के समय पड़ाव पर पहुंच कर प्रार्थना-सभा में अनेक व्यक्ति उपस्थित होते थे। वे कुछ-न-कुछ भेंट भी

दिया करते थे। कभी वह भेंट नकद होती, कभी वस्तु रूप में। प्रार्थना-प्रवचन के बाद गाँधीजी उन वस्तुओं को नीलाम कर देते थे।

उस दिन वह कटक में थे। सदा की भांति लोगों ने बहुत-सी वस्तुएं भेंट में दीं। गाँधीजी उन्हें नीलाम करने लगे। एक कुम्हार ने बाल-गोपाल (कृष्ण) की एक छोटी-सी मूर्ति भेंट में दी। उस बेचारे कृष्ण की भी नीलामी की बारी आ गई। गाँधीजी ने उस मूर्ति को उठाया और बोले, "अब तुम्हारी बारी है।"

कलकत्ता के उंद्योगपति श्री भागीरथ कानोड़िया उस सभा में उपस्थित थे। वह हंसकर बोले उठे, "बापू, आपने तो कृष्ण को भी नीलाम पर चढ़ाने से नहीं बख्शा!"

गाँधीजी खूब हंसे। बोले, "अरे तुम जानते नहीं, यह तो सदा ही नीलाम होता रहा है। कोई नीलाम करनेवाला और खरीदनेवाला होना चाहिए।"

शायद कानोड़ियाजी को विश्वास नहीं आया। गाँधीजी ने कहा, "क्या तुमने मीरा का वह पद नहीं सुना।

"माई मैंने गोविंद लीनो मोल,
कोई कहे सस्ता, कोई कहे महंगा, लीनो तराजू तोल।"

उस दिन सबसे अधिक कीमत उसी मूर्ति की मिली।

महापुरूष की महानता

सन् 1930 के प्रचण्ड दिन थे। अभी सत्याग्रह शुरू नहीं हुआ था। अभी वह महान् दांडी-कूच शुरू नहीं हुआ था। देश में सब जगह कुतूहल से भरा हुआ वातावरण था। 26 जनवरी को पहला स्वातन्त्र्य-दिवस मनाया गया था। जनता का सारा ध्यान इस ओर था कि गाँधीजी क्या आदेश देते हैं, किस तरह का सत्याग्रह करने को कहते हैं। जगह-जगह शिविर हो रहे थे। स्वयंसेवक आने लगे थे। गाँधीजी ने कहा-"नमक का सत्याग्रह हो, लेकिन मेरे कहे बगैर नहीं करना है। पहले मैं दांडी जाऊँगा, वहाँ सत्याग्रह करूँगा, फिर सब जगह करना।"

महात्माजी एक महत्त्वपूर्ण पत्र लिख रहे हैं। ऐतिहासिक पत्र, देश का भविष्य निश्चित करनेवाला पत्र लिख रहे हैं। वह किसे लिख रहे हैं? क्या दिल्ली के लाटसाहब को, वाइसराय साहब को?

पत्र पूरा हुआ। लगे हाथ दूसरा एक पत्र उन्होंने लिखने के लिए लिया।

वह पत्र था एक हरिजन बालिका के नाम। वह वहाँ से 500 मील दूर रहती थी। उसे वह प्रेम पत्र लिखा जा रहा था। उस पत्र में राष्ट्रपिता उस बच्ची को वात्सल्यपूर्ण सूचना दे रहे थे–"तेरी अँगुली दुःख रही है। लेकिन उसमें आयोडीन लगा रही है न? लगाती रहना।" एक ओर आँखों के सामने राष्ट्रव्यापी आन्दोलन और दूसरी ओर दूर की उस बच्ची को प्यारभरा पत्र। महापुरूष के लिए सब समान है।

वज्र से कठोर

सन् 1926 की बात है। गाँधीजी साबरमती आश्रम में रहते थे। और भारत के महान् सेवक दीनबन्धु एण्ड्रूज भी उस समय वहीं थे। दीनबन्धु का हृदय वास्तव में दया सिन्धु था। दूसरों का दुःख देखते ही उनकी आँखें भर आती थीं। गाँधीजी भी प्रेमसागर थे, लेकिन समय आने पर वे कर्तव्य निष्ठुर हो जाते थे। कभी-कभी तो कठोरता के साथ किये गए इन्कार में ही अपार करूणा होती है।

एक बार मालाबार की ओर का एक कांग्रेस कमेटी का मन्त्री बापूजी के पास आया। उसकी कहानी बड़ी करूणाजनक थी। उसने सार्वजनिक कोष से बहुत-सा धन लोक सेवा में ही खर्च किया। लेकिन हिसाब न रखने के कारण सारा जमा-खर्च ठीक से पेश नहीं कर सकता था। हजार एक रूपयों की बात थी उसने अपने लिए तो एक भी पैसा खर्च किया नहीं था। लेकिन स्थानीय कार्यकारिणी समिति के लोगों ने कहा–"जमा-खर्च पेश करो, वरना पैसे भरो।"

"इतनी रकम कहाँ से दूँ"

"हम क्या बताएं? साजर्वनिक पैसे का हिसाब ठीक-ठीक रहना चाहिए।"

"बापूजी के पास जाता हूँ। वे कह दें, तब तो मानेंगे?"

"हाँ, मान लेंगे।"

वह मन्त्री बापूजी के पास पहुँचा। गाँधीजी के सामने सारी हकीकत रखी। उसने कहा–"बापू, मैं स्कूल की नौकरी छोड़कर सेवा के लिए अपने को समर्पित कर चुका हूँ। मैंने एक पैसा भी अपने लिए काम में नहीं लिया है।"

"यह सच हो सकता है। लेकिन आपको पैसे भरने चाहिए। सार्वजनिक काम में व्यवस्थितता जरूरी है।"

"लेकिन अब क्या हो?"

"पैसा भरना ही एक उपाय है।"

वह युवक रोने लगा। पास ही दीनबन्धु थे। वे दु:खी हुए। बोले–"बापू, जो पछता रहा है, उससे इतनी कठोरता से क्यों बोलते हैं?"

बापू ने कहा–"पाश्चात्ताप केवल मन में होने से क्या लाभ? दोष का परिमार्जन हो, तो ही कहा जा सकेगा कि वास्तविक पश्चात्ताप हुआ। यह कुछ नहीं। इस युवक को अपनी भूल सुधारनी चाहिए। जन सेवक है यह।"

मेरा राम मानस का राम नहीं

1941 में बापू के एक बड़े भक्त, सतीशचन्द्र दासगुप्त ने बापू से प्रश्न किया, "बापू, आप तो राम के बड़े भक्त हैं। राम के जीवन से आपको बड़ी प्रेरणा मिलती है, ऐसा कहा जाता है। राम ने तो बाली–सुग्रीव के द्वंद्व–युद्ध के समय धोखे से बाली को मारा था कंचन मृग के पीछे भागे थे। ऐसी कई बातें हैं। फिर भी आप राम को आदर्श क्यों मानते हैं, यह मेरी समझ में नहीं आता।"

"मेरा राम वह नहीं, जिन्होंने बाली–सुग्रीव के द्वंद्व–युद्ध में धोखा दिया था। मेरा राम वह नहीं, जिन्होंने मायामृग के पीछे दौड़ लगाई थी। मेरा राम तो वह है, जिनको अयोध्या नगरी की गद्दी मिलने वाली थी, पर अपने

पिता के वर्षो पहले दिए वचन का पालन करने के लिए जिन्होंने वनवास जाना सहर्ष स्वीकार कर लिया था," बापू ने उत्तर में कहा।

थोड़ी देर बाद फिर आगे बोलते हुए बापू ने कहा, "मेरा राम तो वह है, जिन्हें भरत बुलाने गया और आग्रह किया कि राज्य वह ही करें, पर फिर भी उन्होंने यह स्वीकार नहीं किया। मेरा राम वह है, जिन्होंने धोबी के शब्दों को भी महत्व दिया और निष्कलंक सीता का भी त्याग किया। ऐसे कई गुण राम में थे। हमें इतना समझ लेना चाहिए कि कोई भी व्यक्ति पूर्ण नहीं होता। हमें हमेशा गुणग्राही बनना चाहिए। इसी तरह अच्छे गुण अपनाते जाएं, तभी हमारी उन्नति होगी। पानी मिले हुए दूध में से सिर्फ दूध ग्रहण करने वाले हंस की प्रशंसा करनी है और हमें अपने में यही शक्ति विकसित करने का यत्न करना है। तभी हम अपने सच्चे और अच्छे जीवन का विकास कर सकेंगे। समझे न! बापू ने धैर्य से अच्छी तरह समझाने के बाद पूछा।"

प्रेम बनाम आदर

गाँधीजी स्वतन्त्रता के हिमायती थे। लादा गया धर्म उन्हें पसन्द नहीं था। हमेशा कहते थे, "मैं लोकतन्त्र का सबसे बड़ा उपासक हूँ। वास्तविक प्रेम स्वतंत्रता देनेवाला होता है। सच्चा प्रेम कभी किसी को गुलाम नहीं बनाता। परमेश्वर का प्रेम इस तरह निरपेक्ष होता है। आप ठीक व्यवहार करेंगे, इस आशा से वह सूर्य, चन्द्र, तारे, बादल, फूल सब देता ही जाता है। महापुरूष ऐसे ही होते हैं।"

सन् 1933-34 में अस्पृश्यता निवारण का प्रवास मध्यप्रान्त से शुरू हुआ था। महान् देशभक्त बै अभ्यंकर महात्माजी के साथ उन्हीं की मोटरगाड़ी में पूरे मध्यप्रान्त के प्रवास में रहे। बै अभ्यंकर स्पष्टवक्ता थे। उनकी भक्ति निर्भय ही थी। सच्चा प्रेम निर्भय ही होता है। जहाँ भय है, संकोच है, वहाँ प्रेम कैसा? बै अभ्यंकर ने गाँधीजी से मोटर में जाते-जाते कहा-"आपके साथ प्रवास करना बड़ा कठिन है, दिक्कत का काम है।"

"क्यों, क्या हुआ?" गाँधीजी ने हँसते-हँसते पूछा।

"आपके साथ सिगरेट पी नहीं पाता। आपके सामने कैसे पी जाय? अपमान जो होगा।" अभ्यंकर ने कहा।

गाँधीजी ने खुले दिल से कहा–"आप पी सकते हैं। सच, आप पीजिए।"

गाँधीजी ने अनुमति दी। लेकिन महात्माजी के साथ जब तक वे घूमते रहे, तब तक एक भी सिगरेट नहीं पी।

मैंने तो उससे अच्छी भारत माता नहीं देखी

साप्ताहिक 'नवजीवन' के लिए गाँधीजी को भारतमाता की एक ऐसे चित्र की आवश्यकता थी, जिसमें उसकी सच्ची झलक मिल सके। उनके आदेश पर सुपरिचित चित्रकार श्री रविशंकर रावल ने एक चित्र तैयार किया। जिस समय वह उस चित्र को लेकर गाँधीजी के पास आए, संयोग से श्री हरिप्रसाद देसाई वहीं पर बैठे हुए थे। रावलजी ने वह चित्र उन्हें भी दिखाया, फिर उसे वह गाँधीजी के पास ले गए।

गाँधीजी को यह चित्र अच्छा लगा। उन्होंने निश्चय किया कि उसे अगले अंक में ही प्रकाशित किया जाएं। यह सुनकर देसाई बड़े अप्रसन्न हुए। बोले, "आपने इस चित्र को पसन्द कर लिया। इसमें भारतमाता का राजमुकुट कहां है? भले ही वह धूल में रौंद दिया गया हो, लेकिन वह होना तो चाहिए। इसके बाल भी रूखे हैं और कपड़े भी इतने गन्दे हैं यह तो मुझे भारतमाता नहीं, कोई भिखारिन मालूम होती है। रविशंकरजी जैसे चित्रकार को क्या कहूँ और आपको भी क्या कहूं!"

गाँधीजी चुपचाप सुनते रहे। रविशंकरजी तो ऐसे खड़े थे, जैसे अदालत के कटघरे में गुनहगार खड़ा रहता है। देसाई की बात समाप्त होने पर गाँधीजी ने दृढ़ता से उत्तर दिया, "मैं तो सारे हिन्दुस्तान में घूमा हूं, रविभाई ने जो चित्र बनाया है, मैंने तो उससे अच्छी भारतमाता कहीं भी नहीं देखी।"

राष्ट्र-नेता और उसका वारिस

वे दांडी यात्रा के दिन थे। महात्माजी पैदल जा रहे थे, शाम को एक गाँव में सभा हुई। प्रार्थना हुई। अब मही नदी पार कर उस पार जाना था। ज्वार का पानी आया हो तो नाव ठेठ किनारे तक जाती। लेकिन ज्वार समाप्त होकर अब भाटे का समय हो रहा था। भाटा शुरू होने से पहले उस पार जाना था। वरना पानी कम हो जाय, तो नाव जा नहीं पाती और मही नदी के दलदल में रात के समय उस महापुरूष को पैदल जाना पड़ता।

नाव तैयार हुई। गाँधीजी नाव में बैठे, लेकिन गाँधीजी के साथ जाने को मिले, इस लोभ से नाव में कितने लोग चढ़ गए। 'ना' किसको कहा जाय? नाव को जल्दी-जल्दी ले जाना था। भारी नाव को खेते हुए ले जाना दूभर हो रहा था आखिर नाव फँस गयी। पानी बहुत कम था। राष्ट्र-पुरूष हाथ में लाठी लेकर नीचे उतरे। एक-एक कदम बड़ी मुश्किल से पैर जमाते-जमाते बढ़ने लगे। मही नदी में बहुत दलदल होता है। कहीं-कहीं घुटनों से ऊपर तक था। लेकिन न थकते, न हाँफते, दृढ़ता के साथ महात्माजी जा रहे थे। उन्हें इतनी दूरी तय करने में एक घंटे से ज्यादा समय लगा।

गाँधीजी उधर पहुँचे ही होंगे कि इस किनारे पर पंडित जवाहरलाल नेहरू की मोटर आ रुकी। वे उन दिनों राष्ट्राध्यक्ष (कांग्रेस के अध्यक्ष को उस समय राष्ट्राध्यक्ष कहा जाता था) थे। महात्माजी से मिलने आए थे। गाँधीजी तो उस पार चले गए। भाटा उतर गया था। नाव चलना असम्भव था।

किसीने पूछा-"पण्डितजी, क्या किया जाय?"

वे बोले-"मैं पैदल जाऊँगा।"

"बहुत दलदल है। थक जाएंगे।"

"वे बूढ़े होते हुए भी गए। मैं तो तरूण हूँ।"

जवाहरलालजी ने कपड़े ऊपर किये और कीचड़ में से होकर राष्ट्रपिता से मिलने निकले। पिता को शोभा देने लायक ही वह वारिस

(पुत्र) था। जाते समय नेहरू बोले–"मैं उनसे मिलकर तुरन्त लौट आऊँगा।" लेकिन उस अनन्त कीचड़ में जाने से नेहरू थक गए। गाँधीजी से जा मिले। लेकिन उस रात लौट आने की हिम्मत वे कर नहीं सके। जहाँ नेहरू थक गए, वहाँ राष्ट्रपिता बिना थके गए।

दूसरों के दुःख से दुःखी

"मेरा बिस्तर-बिछौना थोड़ी-सी बारिश होते ही भीतर के कमरे में ले जा रही हो। मेरे लिए तो सुविधा हो गई और मैं आराम से लेट भी सकूंगा, लेकिन मुझे नींद नहीं आएगी। आए भी कैसे? मुझे तो उन लोगों की चिंता है, जो पाकिस्तान से आए हुए हैं। वे बेचारे कहां जाएंगे, कहां सोएंगे ऐसी बारिश में? उन माताओं का क्या हाल होगा, जो अपने नन्हे-नन्हे कोमल बच्चों को अपनी गोद में लेकर सोती होंगी? मुश्किल से लाख-दो-लाख को ही कुछ आसरा मिला होगा। लेकिन बाकी करोड़ों लोगों का क्या हाल होगा? उनके लिए तो ऊपर आकाश और नीचे धरती। इसके अलावा उनके लिए दूसरा सहारा भी क्या है?" बापू ने दुखित हृदय से कहा।

बापू तो हमेशा रात को खुले आकाश के नीचे ही सोया करते थे। उन्होंने यह बात दुखित स्वर में उस समय कही, जब कुछ बूंदें पड़ते ही उनका बिस्तर कमरे में ले जाया जा रहा था।

क़रुणामूर्ति बापू के व्यथित हृदय की कल्पना कोई भी आसानी से कर सकता है। उनको उस दिन भीतर जाने के बाद भी नींद नहीं आई।

भक्त नरसी मेहता के भजन की पंक्तियां जो बापू को अत्यंत प्रिय थीं आभा को याद आ गईं–

'वैष्णव जन तो तेने कहिए, जे पीर पराई जाणे रे'

बापू हर समय दूसरों के कष्ट की चिंता ज्यादा करते थे। वह सच्चे अर्थ में वैष्णव जन ही थे।

मरण का आनंद

रोलट कानून के खिलाफ गाँधीजी ने प्रचण्ड आन्दोलन देशभर में किया। उसी समय जलियाँवाला बाग का काण्ड हुआ। प्रवास से थके-माँदे गाँधीजी आश्रम में विश्रान्ति के लिये आए थे। उस समय आश्रम छोटा था। स्थापना को 3-4 वर्ष ही हुए थे। विनोबाजी, अप्पासाहब पटवर्धन जैसे तेजस्वी, ध्येयनिष्ठ साधक आश्रम में आ गए थे और सन् 1919 का 2 अक्तूबर का दिन आया। गाँधीजी 50 वर्ष पूरे करके 51वें वर्ष में प्रवेश करने वाले थे। आश्रमवासियों ने मिलकर एक सामान्य-सा आनंद समारोह करने का निश्चय किया। माला, हार, तोरण आदि से सब जगह की शोभा बढ़ा दी गयी। समारोह का समय हुआ। गाँधीजी आकर बैठे। चारों ओर सत्यार्थी साथी जमा थे। मानो चन्द्र के चारों ओर तारे हों, सूर्य के चारों ओर किरणें हों, कमल के चारों ओर मधुकर हों। गाँधीजी बोलने लगे। उन्होंने कहा–

"आज मेरे 50 वर्ष पूरे हुए। यानी आधा जीवन समाप्त हुआ। अब थोड़े से दिन बचे हैं। मुझे 51वाँ वर्ष लगा है। 50 पूरे होने का आप लोग आनन्द मना रहे हैं। मेरा 51वाँ जन्म दिन देखकर खुश हैं। आप लोग ईश्वर को धन्यवाद दे रहे हैं। ठीक है। और यह माला, ये हार! मुझे इनमें विशेष रूचि नहीं है। लेकिन आप लोगों ने बड़े प्रेम से यह सब किया है। आपकी भावना को मैं समझ सकता हूँ। ठीक है। लेकिन मुझे जो बात कहनी है, वह भूलिये नहीं। आप लोग मेरा जन्म दिन जितने आनन्द से मना रहे है, उतने ही आनन्द से मेरा मृत्यु दिन भी मनाना। आज जिस प्रकार ईश्वर का आभार मान रहे हैं, उसी प्रकार उसने मुझे उठा लिया, इसके लिए भी कृतज्ञता पूर्वक उसका आभार मानना। जीवन और मरण दोनों ही उसी के मंगलमय वरदान हैं। अन्यथा मेरी मृत्यु के समय यदि आप लोग रोते बैठेंगे, तो यह विनोबा यहाँ जो लगातार गीता पढ़ता है, उसका क्या प्रयोजन है?"

महात्माजी ने अफ्रीका से आने के समय से ही अपने मन से मरण का भय पूरी तरह मिटा दिया था। वे सचमुच मुक्त पुरूष थे।

गांधी के पास किसी को.....

खादी-प्रचार के सम्बन्ध में भ्रमण करते हुए गाँधीजी ढाका गए थे। एक दिन संध्या के समय क्या हुआ कि एक 75 साल का बूढ़ा उनके सामने आकर खड़ा हो गया। वह तीस-चालीस मील से चल कर आया था और उनके दर्शनों के लिए बहुत व्याकुल हो रहा था। सामने आते ही उसने कहा, "मेरे सिर पर हाथ रख दीजिए।"

यह सोचकर कि वह जल्दी चला जाएगा, गाँधीजी ने उसके सिर पर हाथ रख दिया, लेकिन वह तो भावावेश में आ गया। चरणों में लोट-लोटकर रोने लगा। वह विस्मित-विमूढ़ से खड़े थे। कोई समझ नहीं पा रहा था कि बात क्या है। उस वृद्ध के गले में गाँधीजी और बा की तस्वीर लटक रही थी। हृदय का तूफान निकल जाने पर जब वह शांत हुआ तो बोला, "मैं शूद्र हूं। मुझ पर आपकी कैसी कृपा है। दस साल पहले मेरे पैर रह गए थे। कितनी दवाइयां कीं, परंतु बिछौने से उठ न सका। भगवान से मौत के लिए प्रार्थना करता रहता था। फिर आपका नाम लेने लगा। अब देखिए, चलने-फिरने लगा हूं। कोई दवा-दारू नहीं की। बस, आपका नाम लिया है।"

इतना कहकर वह फिर पैरों में लोट-पोट होने लगा। उसे मना करते हुए गाँधीजी बोले, "भाई, भगवान का भजन करो। उसी ने तुम्हें चंगा किया है। गांधी के पास किसी को चंगा करने की करामात नहीं है।"

बापू की महानता

उन दिनों बोरसद तहसील में प्लेग फैला हुआ था। सरदार पटेल और उनके साथी सेवक बोरसद दौड़े। सफाई का आन्दोलन शुरू हुआ। चूहे मारे जाने लगे। लेकिन अहिंसा के नाम पर लोग चूहे मारने को तैयार नहीं हो रहे थे। सरदार ने महात्माजी को लिखा-"लोगों से आप कहें कि वे चूहे मारें, वरना लोग मरने लगेंगे।"

महात्माजी ने लिखा-"छोटे-से मच्छर को भी मेरे ही समान जीने का हक है। लेकिन मानव का जीवन अपूर्ण है। होना तो यह चाहिए कि

मच्छर होने ही न दें, घर में चूहे आएं ही नहीं। मैं क्या कहूँ चूहों को मारना चाहिए।"

महात्माजी लिखकर ही चुप नहीं रहे। स्वयं बोरसद के शिविर में जा दाखिल हुए। चूहे मारने के आन्दोलन में तेजी आयी। प्लेग दूर होने लगा। कभी-कभी महात्माजी और सरदार पटेल साथ-साथ घूमने जाते। एक बार गाँधीजी हँसते हुए सरदार से बोले-"मेरी और तुम्हारी भेंट न हुई होती, तो तुम जाने कहां बहते चले गए होते?" यों दिन बीतने लगे।

एक दिन सरदार पटलें वगैरह सभी लोग काम पर जाने लगे। गाँध ीजी ने कहा-"आप सब जा रहे हैं तो मुझे कुछ काम दे जाओ।"

"आप हमें आशीर्वाद देने के लिए यहीं रहें। यही आपका काम है।"

"खाली बैठे क्या करूँ? मुझे एक बाजे का खिलौना ही ला दो तो बजाता बैठा रहूँगा।" सब हंस पड़े और चले गए।

शोषण का पाप

सन् 1931 में गाँधीजी गोल मेज कान्फ्रेस में भाग लेने इंगलैंड गए। गोल मेज परिषद् का काम चालू था। चर्चा और व्याख्यान रोज होते थे। गाँधीजी को गोलमेज परिषद् के अलावा और भी कई जगह जाना पड़ता था। भेट, मुलाकात, प्रश्नोत्तर, पत्रकार परिषद् जैसे कुछ-न-कुछ काम लगे ही रहते थे।

ऐसी ही एक सभा थी। महात्माजी बोले। उन्होंने वर्णन किया कि ब्रिटिश शासन में हिन्दुस्तान का किस प्रकार सर्वतोमुखी पतन हुआ है। भारत की भयंकर गरीबी का उन्होंने करुण गम्भीर चित्र खड़ा किया। सभा स्तब्ध थी। बीच ही में एक व्यक्ति ने उठकर प्रश्न किया-

"गाँधीजी, यह ठीक है कि ब्रिटिश पूँजीवादी लोग सत्ता के आधार पर हिन्दुस्तानी जनता का शोषण कर रहे हैं, लेकिन क्या आपके देश के ही मिल-मालिक, जमींदार, मालिक-वर्ग जनता का खून नहीं चूस रहे हैं? आपके पूँजीपति लोग क्या पापी नहीं है?"

महात्माजी बोले–

"देश के पूँजीपति भी पापी हैं, लेकिन उनके पाप का मूल आप लोगों में है। यदि मैं हिंसावादी होता और गरीबों को चूसने वाले देश के पूँजीपतियों को दो गोली मारता, तो ब्रिटिशों को चार गोली मारता। भारत के अन्दर आप लोगों का पाप बहुत ज्यादा है। सौ-डेढ़-सौ वर्षो की लूट! पहाड़ के बराबर पाप! अब बताइए कि भारतीय पूँजीवादी पाप का प्रारम्भ कहाँ से हुआ?"

ऐसा तेजस्वी उत्तर गाँधीजीं ने दिया। गाँधीजी निर्भय थे, निःस्पृह थे। जिसके पास सत्य का आधार होता है, वही इस तरह की बात कह सकता है।

उदारता का उदाहरण

यह उन दिनों की बात है जब महात्मा गांधी दक्षिण अफ्रीका में थे। वे वहां रंगभेद के विरुद्ध सत्याग्रह चला रहे थे। अपने तमाम आदर्शों और सिद्धांतों को उन्होंने अमल में लाना शुरू कर दिया था। उनका यह आंदोलन और उनकी सक्रियता बहुतों को चुभती थी। ऐसे ही कुछ लोगों ने गाँधीजी को मारने की साजिश रची। एक दिन वे कहीं चले जा रहे थे तो मीर आलम नामक व्यक्ति ने अचानक ही उनके सिर पर लाठी से हमला किया। गाँधीजी सड़क पर गिरे और बेहोश हो गए। भारी भीड़ जमा हो गई। गाँधीजी को उठाकर पास के ही एक दफ्तर में ले जाया गया। वहां उनका थोड़ा बहुत उपचार हुआ तो वे होश में आ गए। तभी वहां यह समाचार पहुंचा कि मीर आलम को पकड़ लिया गया है। यह सुनते ही उस समय दर्द से कराह रहे गाँधीजी ने कहा–मीर आलम को छोड़ देना चाहिए। यह सुनकर वहां खड़े लोग भौच्चके रह गए। कुछ लोगों ने कहा–आपको गंभीर चोट लगी है। आप आराम कीजिए। पर गाँधीजी का हृदय तो मीर आलम की पीड़ा से तड़प रहा था। उन्होंने तुरंत ही अटॉर्नी जनरल के नाम तार किया–मीर आलम ने जो मुझ पर हमला किया है, उसके लिए मैं उन्हें दोषी नहीं मानता हूं। मैं चाहता हूं

कि उन्हें छोड़ दिया जाए। यह खबर वहां के लोगों में आग की तरह फैल गई। लोगों को यकीन नहीं हो रहा था कि कोई व्यक्ति अपने ऊपर हमला करने वाले को छुड़ाने के लिए खुद ही कैसे प्रयास कर सकता है। चरित्र की इस विलक्षणता से उनके प्रति लोगों में श्रद्धा और बढ़ी। कुछ दिनों के बाद मीर आलम गाँधीजी को एक सभा में मिला। गाँधीजी ने स्नेहपूर्वक उसका हाथ पकड़ लिया और कहा–मीर, मैंने तुम्हारे विरुद्ध कभी नहीं सोचा। तुम मेरी तरफ से निश्चित रहना। यह सुनकर मीर आलम लज्जित हो गया।

पीर पराई जाणे रे

1939 के गरमी के दिन थे। सेवाग्राम (वर्धा) में तो गरमी बहुत पड़ती है। दोपहर का समय था। बापू खाना खाने के बाद नियमानुसार लेटे-लेटे चिट्ठियां पढ़ रहे थे। बापू-भक्त अमतुस्सलाम बहन बापू को पंखे से हवा कर रही थीं। बापू को नींद आ गई। बापू गहरी नींद में सो गए। 15–20 मिनट के बाद उस महिला को भी नींद आने लगी, तो जरा झुककर तकिए के सहारे बैठे-बैठे वह हवा करने लगी।

थोड़ी देर में उसको भी नींद आ गई। हाथ से पंखा छूट गया और बापू पर जा गिरा। पंखा गिरने से बापू की नींद खुल गई। देखा कि उस महिला को भी नींद आ गई है। बापू ने गिरा हुआ पंखा अपने हाथ में ले लिया उस महिला को हवा करने लगे। ठण्डी हवा लगने से उस बहन को नींद ज्यादा आ गई। थोड़ी देर के बाद जब उसकी नींद खुली, तो वह देखती क्या है कि बापू पंखा डुला रहे हैं।

कुर्ता क्यों नहीं पहनते?

गाँधीजी की हर एक बात हेतु पूर्वक होती थी। उनके कपड़ों का फर्क देखने लगें तो उनके जीवन की क्रान्ति समझ में आएगी। जब वे बैरिस्टर थे, तब एकदम यूरोपियन पोशाक थी। बाद में वह गयी। अफ्रीका में सत्याग्रही पोशाक थी। भारत लौटे, तब काठियावाड़ी पगड़ी,

धोती पहनते थे। लेकिन जब देखा कि एक पगड़ी में कई टोपियाँ बन सकती हैं, तब टोपी पहनने लगे। इसी टोपी को हम गांधी टोपी कहते हैं। फिर कुर्ता और टोपी का भी त्याग किया, केवल एक पंछिया पहनकर ही वह महापुरुष रहने लगा। यह पंछिया पहनकर ही वे लन्दन में सम्राट जार्ज पंचम से मिलने राजमहल गए। इससे चर्चिल साहब नाराज हो गए थे। महात्माजी की आत्मा गरीब-से-गरीब लोगों से एकरूप होने के लिए छटपटाती रहती थी।

एक बार गाँधीजी एक स्कूल देखने गए। हंसी-मंजाक चल रहा था। एक लड़का कुछ बोला। शिक्षक ने उसकी तरफ गुस्से से देखा। गाँधीजी उस बच्चे के पास गए और बोले-"तूने मुझे बुलाया? क्या कहना है तुझे? बोलो, डरो मत।"

"आपने कुर्ता क्यों नहीं पहना? मैं अपनी माँ से कहूँ क्या? वह कुर्ता सी देगी। आप पहनेंगे न? मेरी माँ के हाथ का कुर्ता आप पहनेंगे?"

"जरूर पहनूंगा। लेकिन एक शर्त है बेटा! मैं कोई अकेला नहीं हूं।"

"तब और कितने चाहिए? माँ दो सी देगी।"

"बेटा, मेरे 40 करोड़ भाई-बहन हैं। 40 करोड़ लोगों के बदन पर कपड़ा आएगा, तब मेरे लिए भी कुर्ता चलेगा। तुम्हारी माँ 40 करोड़ कुर्ते सी देगी?"

महात्माजी ने बच्चे की पीठ थपथपायी। वे चले गए। गुरुजी और छात्र अपनी आंखों के सामने राष्ट्र के दरिद्रनारायण को देखकर स्तंम्भित हो गए।

मैं इसे तब तक नहीं देख सकता

चम्पारन में नील बागान के स्वामियों के विरुद्ध किसानों की शिकायतों की गाँधीजी बड़ी तत्परता से जांच कर रहे थे। उस जांच ने जैसे बिहार में नया जीवन फूंक दिया था। बहुत से सरकारी नौकर भी ऐसा सोचने लगे थे कि गाँधीजी की सहायता करना उनका कर्तव्य है।

उनमें से कुछ ऐसे भी थे, जो सरकारी गुप्त दस्तावेज तक उनके साथियों के पास भेज देते थे। स्वाभाविक रूप से वह दस्तावेज उनके काम की दृष्टि से बड़े कीमती होते थे।

इसी प्रकार का एक दस्तावेज एक बार उनके हाथ लगा। वह उन्होंने गाँधीजी को ले जाकर दे दिया। लेकिन गाँधीजी ने उसे खोलने से इंकार कर दिया। बोले, "मैं इसे तबतक नहीं देख सकता जबतक मुझे यह विश्वास नहीं दिला दिया जाता कि वह वैध उपायों से प्राप्त किया गया है।"

विदेशी भाषा में बोलें तो....

सन् 1917 में राष्ट्रीय कांग्रेस का वार्षिक अधिवेशन कलकत्ता में हुआ था। उसी के साथ हुआ था राष्ट्रभाषा सम्मेलन। लोकमान्य बाल गंगाधर तिलक इसके सभापति थे। कांग्रेस और बंगाल के सभी नेता इसमें भाग लेने के लिए आए। लेकिन वे सब बोले अंग्रेजी में। सरोजिनी नायडू भी अंग्रेजी में ही बोलीं, यहां तक कि सभापति का भाषण भी अंग्रेजी में हुआ। लेकिन जब गाँधीजी बोलने के लिए खड़े हुए तो जैसी हिंदी वह उन दिनों जानते थे, उसी में बोले। उन्होंने कहा, "लोकमान्य हमारे सबसे बड़े नेता हैं। वह चाहे जो करें, वह महत्व का है। परंतु राष्ट्रभाषा का सभापति यदि विदेशी भाषा में बोले तो वह राष्ट्रभाषा सम्मेलन कैसा?"

लोकमान्य ने उत्तर दिया, "आप ठीक कहते हैं पर मेरी तो लाचारी है। मैं जरा भी हिंदी नहीं जानता।"

बड़ी विनम्रता से गाँधीजी ने कहा, "आप मराठी जानते हैं, संस्कृत जानते हैं। ये हमारे देश की भाषाएं है और ये सरोजिनी देवी तो बहुत अच्छी उर्दू जानती हैं। यह भी क्या अंग्रेजी में ही बोल सकती हैं?"

उस क्षण के बाद हवा ही बदल गई। एक व्यक्ति भी अंग्रेजी में नहीं बोला। सायं के समय लोकमान्य एक सार्वजनिक सभा में भाषण देने के लिए गए। हिंदी में बोलते हुए उन्होंने कहा, "आज मैं

पहले-पहल हिंदी में बोल रहा हूं। मेरी भाषा सम्बन्धी कितनी गलतियां होंगी, यह मैं नहीं जानता, पर मैं मानता हूं कि हमारी राष्ट्र भाषा हिन्दी है और हमें इससे ही अपना काम करना चाहिए।"

मानव-सेवा प्रभु-सेवा

यह घटना अक्टूबर 1936 की है। श्री शिवप्रसाद गुप्ता ने बनारस (वाराणसी) में भारत माता का भव्य मंदिर बनवाया था। बापू ने विजयदशमी के शुभअवसर पर उसका उद्घाटन करना स्वीकार किया था, पर अब वह जा नहीं सकेंगे, यह मानकर उन्होंने कुछ दिनों पहले खत लिख भेजा–'मेरी तो बहुत इच्छा थी कि आपके द्वारा बनवाए गए 'भारत माता के मंदिर' का उद्घाटन करने का जो वायदा किया था, वह पूरा करूं। लेकिन अब लगता है कि वह पूरा नहीं कर सकूंगा। मेरे सामने टाइफाइड और निमोनिया के तीन रोगी पड़े हैं। इनको छोड़कर मैं कैसे निकल सकता हूं? उनका डाक्टर मैं ही हूँ। आप तो जानते ही हैं कि मैं मानव-सेवा को प्रभु-सेवा मानता हूं। मेरा मंदिर यही है।'

इसके जवाब में गुप्ताजी का जवाब फौरन आया–'आपकी बात समझ सकता हूं। आपकी भावना को मैं अच्छी तरह समझ सकता हूं। किन्तु मैं तो ईश्वर से प्रार्थना करता रहूंगा कि मेरी भक्ति में कोई त्रुटि रहने के कारण या मेरे किसी पाप के कारण आपका आना रूक गया। प्रभु मेरी त्रुटि और पाप को दूर करें, जिससे आप यहां आ सकें। इससे ज्यादा मैं क्या कर और कह सकता हूं?'

मानो ईश्वर ने गुप्ताजी की प्रार्थना सुन ली। तीनों मरीजों का बुखार धीरे-धीरे उतर गया वे एकदम अच्छे हो गए। बापू ने गुप्ताजी को लिखा, 'तुम्हारी प्रार्थना ईश्वर ने सुन ली। अब मैं निश्चित तारीख को उद्घाटन के समय वहां पहुंच जाऊंगा।'

यह खत पाते ही गुप्ताजी भाव-विभोर हो गए। उनकी आंखों में हर्षाश्रु छलक आए। उन्होंने लिखा, 'मेरी प्रार्थना ईश्वर ने सुनी। इसलिए उनका जितना आभार मानूं, उतना ही कम है। आपका भी आभारी हूं।'

दुर्बलता का लाभ उठाना पाप है

गाँधीजी आगाखाँ महल में नजर बंद थे, तब उनके साथ उनके परिवार के लोग भी थे। सरोजिनी नायडू भी थीं। आगाखाँ महल के चारों ओर एक बड़ा मैदान था। वहीं बापू शाम के समय घूमते थे। शुरू के कुछ दिन सुबह-शाम इस मैदान में घूमना ही इन लोगों का मनोरंजन था।

कुछ दिनों बाद सरकार ने उस मैदान में इन लोगों के खेलने की सुविधा कर दी। इन लोगों को बैडमिंटन बहुत पसन्द था। खासकर सरोजिनी देवी को वह खेल बहुत प्रिय था।

खेल के सामान आए। खेल का खास स्थान छील-छालकर साफ किया गया। सारी तैयारी होने के बाद सरोजिनी देवी खेलने के लिए मैदान में उतरीं। गाँधीजी हमेशा के अपने व्रत ज्यों के त्यों चला रहे थे। महल के बरामदे में सूत कातते हुए बैठे थे। उनकी दृष्टि सरोजिनी देवी की तरफ गयी। उन्होंने कहा-

"क्यों सरोजिनी! अकेली खेलोगी? मुझे साथ में लोगी?"

वे बोलीं-"बापू, मुझे क्या, चाहे जब आपको ले सकती हूं। लेकिन आप खेलना जानते तो हैं न?"

बापू ने कहा-"वाह! इसमें कौन-सी बड़ी बात है? तुम जैसा खेलोगी, वह देखकर मैं भी खेलूंगा।" यह कहकर बापू सचमुच खेलने नीचे उतर आए।

ज्यों ही बापू आए। सरोजिनी देवी खेलने के लिए गेंद उठाकर आयीं तो देखती हैं, बापू बायें हाथ में रैकेट लिये खेलने की मुद्रा में खड़े हैं। सरोजिनी देवी खूब हँसने लगीं और बोलीं-"बापू, आप यह भी नहीं जानते कि रैकेट किस हाथ में पकड़ना है, और चले हैं खेलने?"

बापू ने कहा-"मेरा क्या दोष? तुमने बायें हाथ में रैकेट लिया है, तो मैंने भी लिया। तुम जैसा करोगी, वैसा ही मैं करूंगा?"

तब जाकर सरोजिनी देवी के ध्यान में बात आयी। वे बोलीं-"मेरा दाहिना हाथ दुःखता है, इसलिए मैं बयें हाथ से खेलती हूं। आप तो दाएं हाथ से खेलिए।"

महात्माजी ने हाथ बदल लिया। गेंद इधर से उधर उड़ने लगी। इतने में सरोजिनी देवी ने खेल रोका। पूछा–"यह क्या बापू? फिर बाएं हाथ से खेलने लगे?"

सचमुच बापू फिर बाएं हाथ से खेल रहे थे। बोले–

"जी हाँ! मैं तो बाएं हाथ से ही खेलूंगा। वरना मैं जीत जाऊं तो तुम कहोगी कि दाएं हाथ से खेलते रहे, इसलिए जीते।"

गाँधीजी का विनोद सुनकर खेल देखने के लिए एकत्र सारे लोग हंसने लगे। फिर खेल शुरू हुआ।

राष्ट्र का पिता

उन दिनों गाँधीजी महाबलेश्वर में थे। रोज की तरह वे शाम को घूमने निकले। पास के गांव का 10–11 वर्ष का बच्चा रास्ते के किनारे पर हाथ जोड़कर खड़ा था। कमर में एक मैली लंगोटी थी। कन्धे पर एक मैला-कुचैला चिथड़ा था। स्नान भी शायद कई दिन से नहीं किया था। गाँधीजी ने अपने एक साथी से कहा–"उससे उसका वह कपड़ा मांग लो। कहना, कल ला देंगे।"

वह लड़का दे नहीं रहा था।

"कल यही आओगे तो मिठाई देंगे"–ऐसा उसे कहने के लिए बताकर गांधीजी आगे निकल गए।

दूसरे दिन घूमने निकलने का समय हुआ। गाँधीजी ने प्यारेलालजी से कुछ खादी के कपड़े, खाने की चीज और साबनु-बार साथ में ले चलने को कहा।

वहीं वह लड़का मिला। बापू ने उसे पास बुलाकर प्यार किया और कहा–"नहा-धोकर कल साफ कपड़े पहनकर आना। और भी खाने की चीज देंगे।"

और बाद में रोज गाँधीजी की राह देखते हुए, साफ कपड़े पहनकर, हाथ जोड़ वह लड़का और दूसरे भी बच्चे वहां खड़े रहते थे।

गाँधीजी सचमुच राष्ट्रपिता थे।

विलायती कपड़ा

उन दिनों शायद महात्माजी बारडोली तहसील में थे। उनके दर्शन के लिए हजारों स्त्री-पुरूष आते और पावन होकर जाते थे। एक दिन महात्माजी की सेवा में कोई भेट ले आय। क्या थी वह भेट? एक थाली रूमाल से ढँकी हुई थी। एक महिला ने महात्माजी के आगे वह थाली रखी। थाली में क्या था? पूरे रूपये भरे थे। रूपयों से भरी थाली गाँधीजी के सामने रखकर महिला ने प्रणाम किया और भक्ति-भाव से खड़ी रही।

महात्माजी ने क्षणभर उस महिला की ओर देखा। फिर गम्भीर भाव से कहा-"मेरे सामने यों नंगी कैसे आयी? क्या तुम्हें कुछ लगता नहीं है?"

सब चकित रह गए। महिला देखने लगी, कहीं कपड़ा फटा तो नहीं है। लेकिन वह तो नया, सुन्दर वस्त्र पहनकर आयी थी। किसी की समझ में नहीं आया कि बात क्या है। महात्माजी ने कहा-"मेरी बात का अर्थ भी तुम लोगों की समझ में नहीं आता। हम सबकी बुद्धि मानो जड़ हो गयी है। 'यह बहन नंगी है' कहने का अर्थ यह नहीं कि इसके बदन पर कपड़े नहीं हैं, लेकिन यह विलायती कपड़ा है तुम्हारी लाज विलायती व्यापारी ढकते हैं कल वहां से कपड़ा नहीं आया तो तुम्हारी लज्जा कैसे ढँकी जाएगी? परावलम्बी लोग नंगे होते हैं। इसलिए हर एक को अपने हाथ से कते सूत की खादी पहननी चाहिए। अपनी इज्जत अपने हाथ में रखनी चाहिए। जो अपनी इज्जत दूसरों के हाथ में सौंप देते हैं, उसकी तो फजीहत ही है।"

महात्माजी की बातों में गम्भीरता देखकर सबने सिर झुका लिया।

बच्चों को मैं संभालूंगा

यह बात 1928-29 की है। बापू ने साबरमती आश्रम में बहनों के लिए सुबह की प्रार्थना की व्यवस्था अलग से कर दी। प्रार्थना के बाद बापू ने उनसे कहा, "अब मैं तुम्हारे अंदर छिपी हुई शक्ति का विकास

करके, उसे देश के कार्य में लगाना चाहता हूं। तुम्हें आश्रम के कार्यों की जिम्मेदारी सौंपकर तुम्हारे अंदर छिपी शक्ति का ज्ञान कराकर, तुम्हारा आत्म-विश्वास बढ़ाना चाहता हूं। इनमें गौशाला और खादी भंडार की जिम्मेदारी और देखरेख आदि कुछ ऐसे कार्य हैं, जिनमें बहनों को सुबह-सुबह दो घंटे का ही समय देना होगा। इससे तुम्हें घबराना नहीं है।"

छोटे बच्चों वाली माताओं ने बापू की बात सुनकर अपनी तकलीफ बताते हुए कहा, "लेकिन हमारे बच्चे तो छोटे-छोटे हैं। हम बड़े सवेरे कैसे इन कार्यों को कर सकती हैं?"

इस पर बापू ने कहा, "ओ हो, इतना ही है न? घर में छोटे बच्चों को संभालने वाला कोई न हो, तो वे अपने बच्चों को मेरे पास छोड़ जाएं। वे अपना कार्य पूरा करके जब तक न आ जाएं, तब तक मैं उनके बच्चों को संभालूंगा। फिर तो कोई सवाल नहीं रहता है न?"

"हम बहनें रसोईघर तो संभाल सकती हैं, लेकिन कोठार, खादी-भंडार, गौशाला और उनका हिसाब कैसे कर सकेंगी? हमें तो इसका कुछ भी अनुभव नहीं है," बहनों ने कहा।

"तुम क्या यह समझती हो कि पुरूषों को यह सारा काम जन्म से ही आता है। तुमको रसोई का काम जन्म से आता था क्या?" बापू ने कहा।

"नहीं, जन्म से कोई भी किसी काम को सीखकर नहीं आता। वह तो करते-करते ही सीखा जाता है," बहनों ने उत्तर दिया।

बापू ने उनकी हिम्मत बढ़ाते हुए कहा, "यही तो मैं कह रहा हूं। काम ही काम को सिखाता है। एक बार काम करने लग जाओ, तो अनुभव से आता जाएगा और आत्म-विश्वास बढ़ता जाएगा। शक्ति का विकास होता जाएगा। एक बार, डर और संकोच के बिना काम करना शुरू कर दो, सब ठीक हो जाएगा।"

"लेकिन हमें तो हिसाब करना नहीं आता है। खादी भंडार तथा अनाज बेचते समय बिल बनाने में भूल हो जाएगी तो?" बहनों ने तीसरी दलील दी।

"उसकी चिंता करने की कोई आवश्यकता नहीं। हिसाबी भूल की मुझे कोई चिंता नहीं, क्योंकि ऐसी भूल तो हिसाब-किताब करते-करते अभ्यास से दूर हो जाएगी। देखना यही है कि हमसे कोई बेईमानी न हो। ईश्वर से यही प्रार्थना करो कि वह ऐसी सद्बुद्धि दे। एक बार हिम्मत करके काम में जुट जाओ। ईश्वर सहायता करेगा ही," बापू ने हिम्मत बंधाते हुए कहा।

इतने सुंदर तरीके से कही गई बापू की बातें सुनकर बहनों में हिम्मत आ गई और वे बोल उठीं, "ठीक है, आप जैसा चाहेंगे, हम वैसा ही करेंगे।"

बापू ने अपनी खुशी प्रकट करते हुए कहा, "मुझे खुशी है कि तुम लोगों ने मेरी बात समझ ली और जिम्मेदारी उठाने को तैयार हो गईं।"

दो दिनों के बाद बहनों को काम सौंप गया। हिसाबी काम कुछ ज्यादा पढ़ी-लिखी बहनों को सौपा गया। बिल बनाना सिखाने के लिए शुरू में कुछ दिन एक भाई को भी साथ रखा। तीन-चार माताएं अपने-अपने छोटे बच्चों को बापू के पास छोड़कर काम में लग गईं। बापू ने इन बच्चों को संभालने की ऐसी सुन्दर व्यवस्था कर दी कि माताएं खुश हो गईं। ऐसा ज्यादा दिन करने की आवश्यकता नहीं पड़ी। माताएं ही अपने-अपने बच्चों की व्यवस्था करके काम पर ठीक समय पर पहुंचने लगीं।

बापू को सारे काम की रिपोर्ट तो दी ही जाती थी। बहनों की शक्ति के विकास के बारे में जानकर बापू को बड़ी खुशी हुई।

भूल का अनोखा प्रायश्चित

नागपुर के आसपास अस्पृश्यता निवारण सम्बन्धी दौरा हो रहा था। एक दिन क्या हुआ? महात्माजी का हाथ पोंछने वाला रूमाल काम की भीड़ में कहीं पिछले पड़ाव पर छूट गया शायद सूखने के लिए फैलाया था, वहीं रह गया। महात्माजी को रूमाल की जरूरत पड़ी। महादेव भाई से माँगा। उन्होंने कहा-"खोज लाता हूँ।" महादेव भाई ने बहुत खोजा।

रूमाल मिला नहीं। बापू से कैसे कहा जाए कि रूमाल खो गया? आखिर महादेवभाई ने आकर कहा–

"बापू, रूमाल पीछे छूट गया। शायद की खो गया। मैं दूसरा ला देता हूँ।"

बापू कुछ देर तक बोले नहीं फिर पूछा–

"वह कितने दिन तक चलता?"

"चार महीने और चलता।"

"तो फिर में चार महीने बिना रूमाल के ही चलाऊँगा। भूल का यह प्रायश्चित है। बाद में दूसरा रूमाल लेंगे।"

महादेवभाई क्या बोलते?

अंधकार में प्रकाश

सन् 1946 में बापू की यात्रा नोआखाली में चल रही थी। वहाँ की जनता के आँसू पोंछने और ढाढ़स बँधाने के लिए गाँधीजी वहाँ गए थे। हर जगह भय का वातावरण छाया था। हिन्दू घर से बाहर नहीं निकलते थे। घर-बार जलकर खाक हो गए थे। काफी लोग मारे गए थे। धर्म के नाम पर अधर्म का काम हो रहा था। उस अंधकार में प्रकाश दिखाने, उस भय में अभय देने राष्ट्रपिता निकले। गाँधीजी ने जी-तोड़ कोशिश की, लेकिन लोग बाहर निकलने की हिम्मत नहीं कर पाते थे। गाँधीजी को थोड़ी देर के लिए निराशा हुई।

एक दिन उनके साथियों ने एक उपाय निकाला। वे गेंद वगैरह का खेल सड़क पर खेलने लगे। घरों में बच्चे झाँककर देखते थे।

'आओ बच्चों, खेल खेलने आओ। बापू के साथ खेलने आओ।' इस तरह बापूजी के साथी कहने लगे और वे बच्चे आने लगे। खेल बच्चों की आत्मा होती है। वे खेल में रमने लगे। भागने-दौड़ने लगे।

हँसने-खेलने लगे।

फिर एक दिन वहाँ तिरंगा झण्डा फहराया गया।

बापू के साथी बोले–"आओ, झण्डे का गीत गाएं।"

फिर 'झण्डा ऊँचा रहे हमारा' गाय गया।

"अब 'रघुपति राघव राजाराम' गाते चलो हमारे साथ। चलोगे न?"

"जी हाँ, चलिए।"

जुलूस निकला। बच्चे 'रघुपति राघव राजाराम' गाते हुए आगे बढ़ते गए। बच्चों के पीछे घरों से झाँकनेवाले माता-पिता भी बाहर निकले। धर्मान्ध मुसलमान कहने लगे। "देखेंगे ब लोग कैसे राम-नाम लेते हैं?" लेकिन वह बालकों का जुलूस, राम की वानर-सेना का जुलूस देखकर मुसलमान दंग रह गए। जयघोष करते हुए आगे बढ़नेवाले उस जुलूस की ओर देखते ही रह गए। मारने के लिए हाथ ऊपर उठे नहीं। क्या उनका भी हृदय उछलने लगा होगा? बाल-बच्चों को अपार प्रेम करनेवाले पैगम्बर मुहम्मद क्या उनके हृदय में भी जग पड़े?

उस दिन कभी न निकलने वाले आँसू गाँधीजी के नयनों से निकल पड़े। उन्होंने कहा—"आज अंधकार में प्रकाश दिखा। मुझे आशा मिली। निष्पाप बालकों की श्रद्धा का यह बल है।"

अन्न उपजाओ

यह बात 1944 की है। बापू आग खां महल की नजर बंदी के बाद डॉ. दीनशा मेहता के प्राकृतिक चिकित्सालय में ठहरने गए। वहां उन्होंने दीनशा मेहता से पूछा, "दीनशा, हमें इस बैडमिंटन-कोर्ट की क्या आवश्यकता है?"

दीनशा ने कहा, "मरीज लोग खेलते हैं। बैडमिंटन खेल में उनके पूरे शरीर को व्यायाम मिल जाता है। इसलिए यह कोर्ट बना दिया है।"

"मरीजों को व्यायाम ही कराने की बात है, तो मैं एक ऐसा काम बताऊं जिससे उनको पूरा व्यायाम मिल जाए," बापू ने कहा।

दीनशाजी के मुंह से सहसा न्किल गया, "तब तो अच्छा ही है, उसमें मुझे क्या आपत्ति?"

बापू ने अपने विचार बताते हुए डॉ. दीनशा से कहा, "तो देखो, अब असल बात करूं। आजकल देश में अन्न की बड़ी कमी है। सूखा पड़

गया है। शासन ने हमें 'ज्यादा उपजाओ' का सूत्र दिया है। इसलिए मैं औरों से कुछ कहूँ, उसके पहले मैं अपनी संस्था से ही इसकी शुरूआत करूं, तो वह ज्यादा असरदार होगा। तुम्हारी मंजूरी हो, तो मैं इस बैडमिंटन-कोर्ट में खाने की चीज बोना चाहता हूं।"

दीनशाजी ने बापू की बात पर सहमति प्रकट करते हुए तुरन्त उत्तर दिया, "यह सारी संस्था आपकी ही है। मुझसे पूछने की आवश्यकता नहीं। आपको जो उचित लगे, वह आप अवश्य करें, हम उसमें पूरा साथ देंगे।"

"तो देखो, पहले तो इस कोर्ट को कल से खुदवाना शुरू कर दो। इस कार्य में तुम्हारे जो मरीज सहयोग दे सकें और जो देना चाहें, उनको इसमें जुटा दो। उनको पूरा शारीरिक व्यायाम भी मिल जाएगा और अनाज भी मिल जाएगा" बापू ने कार्य की रूपरेखा बताते हुए कहा।

दूसरे दिन से बापू की इच्छानुसार यह कार्य शुरू हो गया। यह देखकर बापू खुशी से फूले नहीं समाए।

तभी तो दीनबन्धु हो

कांग्रेस के उस युवक कार्यकर्त्ता को गाँधीजी के कठोर वचन उचित लगे। दुःख तो उसे हुआ ही। फिर भी उन कठोर शब्दों के पीछे रहा हुआ तत्त्व उसकी समझ में आ गया। वह वहाँ से उठा और भारी कदमों से चल पड़ा। हृदय धक्-धक् कर रहा था। पैर भारी लग रहे थे। भविष्य अन्धकारमय दीखता था। वह दरवाजे तक गया ही था, इतने में देहरी से उसके पैर पीछे मुड़ने लगे। वह गाँधीजी के पास आया, बैठा और गिड़गिड़ाने लगा : "बापू, आपकी बात मुझे जँची है। लेकिन मैं गरीब हूँ। जेब में एक पैसा भी नहीं है। जैसे तैसे पैसे जोड़ कर यहाँ तक आया था अब लौटू कैसे? लौटने के लिए किसी तरह पैंतीस रूपये दीजिये। भरसक जल्दी ही यह पैसा लौटा दूँगा।"

इतना बोलकर वह गाँधीजी के सामने सिर नीचा करके बैठ गया। आँखों से आँसू बह रहे थे। बापू को भी बुरा लगा। लेकिन उन्होंने

कहा–"मुझसे कुछ न मिलेगा। पहले से ही एक हजार रूपयों की जिम्मेदारी लिए बैठे हो। उसमें इतना और बढ़ाना नहीं चाहिए। तुम्हें नया जीवन शुरू करना है न? तो फिर नया जीवन फर्ज से शुरू न करो। नया ही रास्ता अपनाओ। उसी में तुम्हारा भला है।"

वह युवक उठा। यह उसके दूसरा धक्का था। एक हजार रूपयों की व्यवस्था तो करनी ही थी। वह बाहर जाने लगा। लेकिन उसके चेहरे पर नये जीवन में पदार्पण करते समय का एक नया ही तेज दीख रहा था। एक प्रकार के आत्मविश्वास के साथ वह बाहर निकला।

उसके पीछे-पीछे दीनबन्धु एन्ड्रयूज भी गए। उन्होंने उसे टिकट खरीद कर दिया। दीनबन्धु आश्रम लौट आए। उन्हें हँसी आ रही थी। बापू हँसते हुए बोले–"तुम्हारी चालाकी मुझे मालूम हो गयी। तुम्हारा नाम 'दीनबन्धु' यों ही थोड़े पड़ा है?"

नहीं ये तो आम जनता के...

सुप्रसिद्ध यरवदा-उपवास के बाद जेल के द्वार हरिजन सेवकों के लिए खोल दिये गए थे। गुजरात और काठियावाड़ में होने वाले हरिजनोद्वार कार्यक्रम के बारे में बातचीत करने और सलाह लेने के लिए सर्वश्री नानाभाई भट्ट और परीक्षितलाल मजूमदार उसी समय वहां आए। गाँधीजी अभी आम के पेड़ के नीचे ही लेटे हुए थे। वहीं वे लोग भी बैठ गए। बातें होने लगीं। जेल के एक अफसर भी पास ही बैठे थे। अंगीठी पर एक कैदी गाँधीजी के लिए पानी गर्म कर रहा था।

पानी अच्छी तरह गर्म हो गया। कैदी ने अंगीठी पर से बर्तन उतार कर नीचे रख दिया। कोयले उसी तरह दहकते रहे। गाँधीजी ने उस ओर देखा। बातचीत बीच में ही रोककर उन्होंने कैदी से कहा, "अंगीठी बुझा दो, भाई।"

जेल अफसर मुस्कराकर बोले, "कोयले तो सरकारी हैं, आप इतनी फिक्र क्यों कर रहे हैं?"

गाँधीजी ने उत्तर दिया, "नहीं, ये तो आम जनता के पैसों के कोयले हैं।"

फिजूल-खर्ची का भय

गाँधीजी छोटी-से-छोटी बात का भी बहुत ध्यान रखते थे। उनका सत्य का प्रयोग हर जगह चलता था। गोलमेज-परिषद् के समय की बात है। भोजन के वक्त वे थोड़ा-सा शहद लेते थे। उस दिन गाँधीजी का जहाँ भोजन था, वहाँ मीराबहन हमेशा की तरह शहद की बोतल साथ ले जाना भूल गयीं। खाने का समय होने लगा। मीराबहन को शहद की याद आयी। बोतल तो निवास पर छूट गयी। अब? उन्होंने फौरन किसीको पास की दूकान तक दौड़ाया और शहद की नयी बोतल मँगवा ली।

गाँधीजी भोजन करने बैठे। शहद परोसा गया। उनका ध्यान उस बोतल पर गया।

उन्होंने पूछा–"बोतल नयी दीखती है। शहद की वह बोतल नहीं दिखाई देती।"

"हाँ, बापू! वह बोतल निवास पर छूट गयी। इसलिए यहाँ जल्दी में यह मँगा ली।" मीराबहन ने डरते-डरते कहा।

कुछ देर गम्भीर रहने के बाद गाँधीजी ने कहा–"एक दिन शहद न मिला होता, तो मैं भूखा थोड़े ही रह जाता। नयी बोतल क्यों मँगायी? हम जनता के पैसे पर जीते हैं। जनता के पैसे की फिजूल-खर्ची नहीं होनी चाहिए।"

समय की पाबंदी

गरमी का मौसम था। बापू ने सेवाग्राम आश्रम में एक छोटे लड़के को गणित सिखाने की जिम्मेदारी एक बहन को दी थी। एक दिन पढ़ने के समय वह लड़का दोपहर में तीन बजे गेंद से खेल रहा था। गेंद बापू की कुटिया में आ गिरी। वह लेने गया। बापू ने उसे देखकर पूछा, "अरे शेटिया, आज पढ़ने नहीं गया? समय तो हो गया है।"

लड़के ने सही बात बताते हुए कहा, "मैं तो पढ़ने गया था, लेकिन बहन सिर पर गीला कपड़ा लपेटकर लेटी हुई थीं। उन्होंने कहा, "अभी नहीं, साढ़े चार बजे पढ़ने आना। इसलिए मैं खेल रहा हूं।"

बापू ने कहा, "तो ऐसा करो, तुम अपनी स्लेट वगैरह लेकर आओ। मैं पढ़ाऊंगा।" लड़का स्लेट ले आया और बापू पढ़ाने लगे। ठीक आधा घण्टा पढ़ाया। फिर लड़के को छुट्टी दे दी।

शाम को बापू ने उस बहन को बुलाया और पूछा, "आज तुमने लड़के को पढ़ाया नहीं?"

"जी नहीं, आज बहुत गरमी लग रही थी। नींद भी ज्यादा आ रही थी, सो मैंने लड़के को साढ़े चार बजे आने को कहा था," बहन ने कहा।

"यह तुमने ठीक नहीं किया। गरमी के दिन है। गरमी तो बढ़ती ही जाएगी, लेकिन कार्य करने का जो भी समय निश्चित किया हो, ठीक उसी समय पर कार्य करने का आग्रह होना चाहिए। बच्चों को पढ़ाने का समय एक दिन पहले बदलकर उनको खबर दे दो, इसमें मुझे कोई आपत्ति नहीं। लेकिन जो भी समय निश्चित करो, उस समय तो पढ़ाना ही चाहिए, बापू ने कहा।"

बापू चाहते तो उसी समय उस बहन को बुलवा लेते, लेकिन उसे उठाया नहीं। बापू तो बापू ही थे। बापू जो उपदेश देना चाहते थे, वह उन्होंने लड़के को उसी समय पढ़ाकर दे दिया। इसके बाद, उस बहन ने पढ़ाने का समय बदला तो नहीं, लेकिन पढ़ाने में भी कभी देर नहीं की चाहे कितनी भी गरमी पड़ती हो।

प्रेम का उपहार

उन दिनों गाँधीजी इंग्लैंड में थे। यह सन् 1931 की बात है। गाँधीजी की सुरक्षा के लिए, या कहें उन पर निगरानी रखने के लिए, उनके साथ हमेशा खुफिया पुलिस का एक आदमी रहता था। गाँधीजी का सारा व्यवहार खुला होता था। उसमें किसी तरह का लुकाव-छिपाव नहीं रहता था। सत्य तो सूर्य के प्रकाश के समान होता है। वह अंधकार में कहीं छिपकर बैठ नहीं सकता। सत्य निर्भय होता है। उसे छिपने की इच्छा भी नहीं होती।

वह खुफिया पुलिस का आदमी वहाँ ऊब गया। क्योंकि वहां उसे कुछ भी काम नहीं था। गाँधीजी के काम में वह भी हाथ बँटाने लगा। कभी सामान सजाता, तो कभी कुछ करता। श्री प्यारेलालजी से और श्री मीराबहन से वह कहता है कि "मुझे भी कुछ काम दीजिए, संकोच करने की कोई बात नहीं।" वह गोरा पुलिसवाला इस बात के लिए उत्सुक था कि बापू का कुछ तो काम करने का अवसर मिले। जब कोई काम मिलता, तो वह खुशी से फूल उठता था और उस काम से अपने को धन्य मानता था।

गाँधीजी का लन्दन का काम खत्म हुआ। वे गोलमेज परिषद् के लिए गए हुए थे। भारत की समस्या हल करने गए थे। लेकिन अभी स्वतंत्रता की घड़ी नहीं आयी थी। ब्रिटिशों की कारस्तानी और भारतीय नेताओं के मतभेद, यह सारा देखकर गाँधीजी बहुत खिन्न हुए। सबसे बिदा लेकर वे हिन्दुस्तान लौटने के लिए निकले। कोलाहल शुरू हो गया। छोटे-छोटे अंग्रेज बच्चे गाँधीजी के चारों ओर उमड़ने लगे।

इतने में एक बड़ा अफसर आया। गाँधीजी से पूछा–"आपके लिए और किसी चीज की जरूरत तो नहीं हैं?" सारी सुविधा है न? कोई तकलीफ तो नहीं है?"

"सब ठीक है। और कुछ नहीं चाहिए। पर मुझे सिर्फ एक चीज मांगनी है।"

"क्या है? बताइए। संकोच न कीजिए।"

"यह जो खुफिया पुलिस का आदमी है, उसे ब्रिन्दिसी तक मेरे साथ चलने दें। भेज सकेंगे न? 'ना' नहीं कीज़िएगा।"

"किसलिए?"

"इसलिए कि वह अब मेरे ही परिवार का आदमी हो गया है। वहां तक साथ जाने दीजिए।"

"तो फिर ले जाइए।"

वह गोरा पुलिसवाला बहुत खुश हुआ। ब्रिन्दिसी तक वह महात्माजी के साथ गया। वहां उसने प्रणाम किया। गाँधीजी ने उसका पता अपने पास लिख लिया।

फिर गाँधीजी भारत आए। देश में जनता भड़की हुई थी। गाँधीजी ने वाइसराय से मिलने के लिए दो तार किए। लाटसाहब ने मिलने से इन्कार कर दिया। फिर सत्याग्रह शुरू हुआ। गाँधीजी को यरवदा-जेल में रखा गया।

राष्ट्र का सारा भार ढोनेवाले वे महापुरुष लेकिन उस गोरे खुफिया पुलिसवाले को वे भूले नहीं थे। उन्होंने उसे एक घड़ी उपहार में भेजी। उस पर 'सप्रेम भेट' खुदवा दिया, अपना नाम भी खुदवा दिया।

वह प्रेमभरी भेंट पाकर न जाने वह गोरा पुलिसवाला कितना खुश हुआ होगा।

बापू की छटपटाहट

बापू की करुणाजनक मृत्यु से कुछ ही पहले की बात है। मीरा बहन दिल्ली आयी हुई थीं। मीरा बहन हिमालय की तराइयों में (ऋषिकेश के पास) एक गांव में गोशाला चला रहीं थीं। गाय-बैलों के मल-मूत्र का कृषि में बढ़िया उपयोग कर रही थीं। वे इंग्लैण्ड के एक जल सेना-अधिकारी की पुत्री थीं। भारत की जनता की सेवा में अपने को समर्पित करने के निश्चय से वे भारत आयीं। महात्माजी के तत्त्वज्ञान की वे बेजोड़ उपासक बनीं। वे साधक मनोवृत्तिवाली बहन थीं। विवेकानन्द के साथ जैसी भगिनी न्विेदिता थीं, वैसी गाँधीजी के साथ मीरा बहन थीं।

मीरा बहन ने गाँधीजी से कहा–"बापू, एक बार ऋषिकेश आइए न? मेरे लिए न सही, अपने प्रिय गायों के लिए तो आइए। कितनी सुन्दर गायें हैं?"

बापू बोले–"मैं इस समय मृतवत् हूँ। मुझे क्यों बुलाती हो?"

देशभर में साम्प्रदायिक खून खराबी हो रही थी। मैं कह रहा हूँ, लेकिन मेरी कौन सुनता है? मैं अपने को अकेला महसूस कर रहा हूँ। यह कत्लेआम देखने के बजाय मर जाना अच्छा। लेकिन मीरा बहन की करुणामय और दुःखी मुद्रा देखकर बापू फिर गम्भीरता से बोले–

"मैं मरने के बाद सबमें अधिक एकरूप हो जाऊँगा। शरीर का बन्धन छूट जाएगा, आत्मा मुक्त हो जाएगी। सबमें मिल जाऊँगा। ठीक है न?"

यह बेगार नहीं तो क्या है?

डाण्डी कूच के ऐतिहासिक दिनों में प्रबन्धकों ने एक मजदूर की भी व्यवस्था की थी। रात के समय वह गैसबत्ती लेकर चलता था। एक दिन भाटगांव में भाषण करते हुए बड़े मार्मिक शब्दों में गाँधीजी ने उसकी चर्चा की। वह बोले–

"मैंने देखा है कि आप लोगों ने रात के सफर के लिए एक भारी गैस की बत्ती का प्रबन्ध किया है और उसे एक गरीब मजदूर अपने सिर पर एक तिपाई के ऊपर रखकर चलता है। यह एक लज्जाजनक दृश्य है। उस आदमी को तेज चलने के लिए विवश किया जा रहा है। रात में उस दृश्य को सहन नहीं कर सका। इसलिए मैंने चाल तेज की और सारे समुदाय से आगे निकल गया, पर यह सब बेकार हो गया। उस बेचारे को मेरे पीछे-पीछे दौड़ने को मजबूर किया गया। मेरी लज्जा की हद हो गई। अगर वह बोझा ले जाना ही है तो मैं यह देखना पसन्द करता कि हममें से ही कोई उसे ले चलता। तब हम तिपाई और बत्ती दोनों को ही धता बता देते। कोई मजदूर ऐसा बोझा अपने सिर पर नहीं ले जाएगा। हम बेगार का विरोध करते हैं और वह ठीक ही है, परन्तु यह बेगार नहीं तो और क्या है? अगर हम जल्दी ही अपने तौर-तरीके नहीं सुधार लेंगे तो हमने लोगों के सामने स्वराज्य की जो तस्वीर रखी है, वैसा स्वराज्य सम्भव नहीं होगा।"

बगीचा

"रामेश्वरदासजी, तुमने तो बड़ा सुन्दर बगीचा बनाकर रखा है, लेकिन मुझे यह चुभता है। देश में आज अन्न की कितनी कमी है। ऐसी स्थिति में इतना बड़ा बगीचा रखना मुझे जंचता नहीं। मेरे ख्याल में तो

ऐसा बड़ा बगीचा रखना एक अपराध है." बापू ने रामेश्वरदास बिड़ला से कहा।

बिड़लाजी ने पूछा, "तब क्या किया जाए?"

"तुम इजाजत दो, तो मैं यह सारा बगीचा उखाड़कर इस जगह पर तरकारी बो दूं," बापू ने कहा।

"आपको तो इजाजत है ही। आप जो करना चाहें, अवश्य कर सकते हैं। मुझसे पूछने की आवश्यकता ही नहीं," बापू ने कहा।

"ठीक है, तुमने तो मुझे इजाजत दे रखी है, लेकिन तुमसे पूछे बिना यह करना ठीक नहीं है। अब तुमने कह दिया है, इसलिए ऐसा करो यह सारा बगीचा खुदवा डालो। उस जगह पर हम तरकारी लगा देंगे," बापू ने कहा।

"जैसी आपकी इच्छा," कहकर बिड़लाजी ने दूसरे दिन सारा बगीचा खुदवा डाला।

बापू ने दूसरे दिन सुबह टहलने के समय मिस एगेथा हैरिसन को मुलाकात का समय दिया हुआ था, सो वह सुबह बापू से मिलने आ गईं। बिड़ला हाउस का सुन्दर बगीचा उखड़ा हुआ देखकर वह चौंक पड़ीं। बापू टहलने को बाहर निकले, तब उनको देखते ही एगेथा बहन ने पूछा, "बापू, यह किसने खुदवा डाला?" "मैंने", बापू ने कहा।

"बापू, आपने यह करवा दिया? यहां कितना सुंदर बगीचा लगा हुआ था। कितने तरह-तरह के सुंदर फूल लगे थे। कितना सुहावना दिखता था यह बगीचा। न-न बापू ऐसा सुन्दर बगीचा खुदवाना नहीं था," एगेथा बहन की आवाज में सचमुच दुःख भरा था।

"तुम क्यों घबराती हो? कुछ ही दिनों में तुम इससे भी अधिक अच्छे और तरह-तरह की सब्जियों के फूल देखोगी। वे फूल इनसे तो ज्यादा अच्छे होंगे ही, लेकिन ज्यादा उपयोगी भी साबित होंगे, "बापू ने हंसते-हंसते कहा और यह देखकर एगेथा बहन भी बापू के साथ हंस पड़ीं।

कुछ ही दिनों में वह बगीचा सचमुच ज्यादा सुहावना बन गया।

कस्तूरबा ट्रस्ट का कार्यालय

श्री शांतिकुमार बम्बई-स्थित अपना सिंधिया हाउस गाँधीजी को दिखाने के लिए बहुत उत्सुक थे। जब कस्तूरबा ट्रस्ट का कार्यालय सिंधिया हाउस में था, तब एक दिन वहां ट्रस्ट की बैठक इसी उद्देश्य से बुलाई गई। गाँधीजी उन दिनों बम्बई में बिरला हाउस में ठहरे हुए थे। कार्यक्रम बहुत ही निजी और गुप्त रखा गया था, फिर भी गाँधीजी के आगमन के समय आसपास के कार्यालयों के बहुत से लोग वहां इकट्ठे हो गए। जिस कमरे में बैठक हो रही थी, वह वातानुकूलित था। गाँधीजी को ठंड लगने लगी, यहां तक कि उन्हें शाल ओढ़नी पड़ी।

बैठक के बाद वह ऊपर की मंजिल पर कस्तूरबा ट्रस्ट का कार्यालय देखने के लिए गए। सब कुछ देखने के बाद उन्होंने ठक्करबापा से कहा, "कस्तूरबा ट्रस्ट का कार्यालय ऐसे महल में शोभा नहीं देता। इसे खाली करो ओर सेवाग्राम चले जाओ।"

पागल

एक बार बापूजी भोजन कर रहे थे। वे तो हिसाब से खाते थे। भोजन में पाँच चीजों से ज्यादा नहीं लेते थे। उस दिन किसी ने अंगूर आदि का उपहार ला दिया था। उपहार में आए फल सबके बीच बांट दिये जाते थे। सेवाग्राम में जब बापू रहते, तब उपहार के फल पहले बीमारों को मिलते थे।

गाँधीजी खाना खा रहे थे। फल खा रहे थे। इतने में कुछ लोग मिलने आए। वह एक प्रेमल परिवार था। माता, पिता, छोटा, बच्चा सब थे। गाँधीजी को प्रणाम कर सब बैठ गए। छोटे बच्चे ने बापूजी की ओर देखा। मां से कुछ कहने लगा। मां उसे चुप कर रही थी।

वह बच्चा कह रहा था–"गाँधीजी पागल हैं।"

माँ गुस्से से बोली–"ऐसा नहीं बोलते! चुप।"

उसने फिर कहा–"हाँ, पागल ही हैं।"

माँ गुस्सा से डाँट रही थी–"दो थप्पड़ लगाऊँगी।"

गाँधीजी का ध्यान उधर गया। अपने ऐनक के अन्दर से हँसते हुए देखा। पूछा–"क्या कहता है यह? क्यों रे मुन्ने?"

उसने कहा–"आप पागल हैं।"

माता, पिता का और दूसरों का मुँह सूखने लगा। लेकिन वह राष्ट्रपिता जोर से हँस पड़ा।

बापू ने हँसते-हँसते पूछा। "मैं क्योंकर पागल हूँ? बताओ तो?"

"आप अकेले-अकेले खाते हैं। किसीको नहीं देते। माँ ने एक बार मुझसे कहा था, 'तू अकेला खाता है, कैसा पागल है। दे उस लड़के को भी। और आप तो अकेले ही खा रहे हैं, इसलिए पागल हैं।"

"हाँ, यह सच है। ले, तू भी यह फल ले। अब तो मैं सयाना हूँ न?"

"जाओ; मुझे नहीं चाहिए।"

"क्यों भला?"

"माँ कहती है, दूसरों का दिया नहीं लेना चाहिए।"

"अरे, फौरन नहीं लेना चाहिए। लेकिन आग्रह करें तो लेना चाहिए। ले।"

माता, पिता के कहने पर उसने फल ले लिए। सब हंसने लगे।

राजकोट सत्याग्रह

1939 में जिन दिनों राजकोट सत्याग्रह चल रहा था, उस समय एक मास के लिए बापू बारडोली आए हुए थे। उस सत्याग्रह की बागडोर सरदार वल्लभभाई पटेल ने संभाला रखा थी। राजकोट रियासत के दमन के कारण सत्याग्रही लोग थक गए थे। सरदार पटेल को डर था कि सत्याग्रह टूट जाएगा। इसलिए उन्होंने बापू से पूछा, "आप यदि इजाजत दें, तो मैं गुजरात से पांच-छः हजार सत्याग्रहियों को राजकोट भेज दूं।"

"क्यों भला? गुजरात से सत्याग्रहियों को राजकोट भेजने का कारण मेरी तो समझ में नही आया, बापू ने कहा।

"बात यह है कि दरबार वीरावल के दमन के कारण सत्याग्रही लोग थक गए हैं और मुझे डर है कि सत्याग्रह टूट जाएगा," सरदार पटेल ने कारण बताते हुए कहा।

"टूटने दो। मुझे ऐसा स्वराज नहीं चाहिए कि सत्याग्रह के लिए बाहर से सत्याग्रही आएं। काठियावाड़ी को स्वराज चाहिए, तो काठियावाड़ी को ही सत्याग्रह करना चाहिए। यह कहां की बात कि स्वराज चाहिए काठियावाड़ी को और लड़ें गुजरात के लोग। गुजरात से स्वयंसेवक भेजने का कोई मतलब ही नहीं है और उन्हें भेजना ही नहीं चाहिए," बापू ने अपना विचार और अभिप्राय स्पष्ट भाषा में कह दिया।

इस बातचीत के बाद एक मिनट शांति रही। बाद में 70 वर्ष की उम्र की माता कस्तूरबा तुरंत ही बोल उठीं, "मैं तो काठियावाड़ी हूं न?"

"इसमें क्या संदेह है? तुम तो प्रथम काठियावाड़ी ही हो," बापू ने तुरंत कहा।

"तब मैं आज ही राजकोट सत्याग्रह में भाग लेने जाती हूं, बा ने कहा। यह सुनकर सरदार वल्लभभाई पटेल को चिन्ता हुई। इसलिए उन्होंने अपनी सुपुत्री मणिबहन को उनके साथ भेजने का निश्चय किया। माता कस्तूरबा और मणिबहन उसी रात को राजकोट रवाना हो गईं।

बा बहुत ही बहादुर थीं। देशी रियासत के सत्याग्रह के लिए बापू ने कभी बाहर के व्यक्ति को नहीं भेजा। बापू बा को भी न भेजते। काठियावाड़ के लोग बहादुर माने जाते हैं, ऐसे लोग थक जाएं और सत्याग्रह टूट जाए, यह काठियावाड़ की बहादुर माँ कैसे सहन कर सकती हैं। इसीलिए अपनी स्वयं की प्रेरणा से ही बा वहाँ जाने को तैयार हुई। राजकोट पहुँचने पर उन्हें राजकोट प्रवेश के निषेध का हुक्म मिला। बा ने उसको नहीं माना। बा और मणिबहन को गिरफ्तार कर लिया गया।

यह खबर वायुगति से फैल गई। सत्याग्रह में जोश आ गया। सत्याग्रहियों में नई जान आ गई। सत्याग्रह टूटते-टूटते बचा। सारा श्रेय वृद्ध माता कस्तूरबा को ही जाता है।

गाँधीजी साँध्य प्राथना सभा में (1930)

साइकिल की सवारी

बापू साबरमती आश्रम में थे। गाँधीजी कुछ आवश्यक कार्य के लिए आश्रम से अहमदाबाद शहर गए थे। फिर दूसरी एक जगह उन्हें किसी सभा में भी जाना था। शहर के काम में काफी समय लग गया। वे उस काम में व्यस्त थे। इतने में उधर आश्रम से एक भाई साइकिल से आ रहे थे। गाँधीजी को देखते ही वह साइकिल से उतर पड़े।

"कहाँ चले?" गाँधीजी ने पूछा।

"बापू, आपको उस सभा में जाना है। दस ही मिनट रह गए। मैं आपको याद दिलाने आ रहा था। न आता तो आप बाद में कहते हैं क्यों नहीं बताया?"

"वह सभा शायद आज ही तय हुई है?"

"जी, हाँ। समय भी हो रहा है।"

"तो फिर अपनी साइकिल दे दो।"

"आप साइकिल से जाएंगे? गिर पड़े तो? शहर में बहुत भीड़ होती है, बापू।"

"मैंने अफ्रीका में सीखा था, सो भूलने के लिए नहीं सीखा था। साइकिल चलाना सबको आना चाहिए। लाओ। वक्त खराब न करो।"

यह कहकर बापू साइकिल पर चढ़े और तेजी से निकल गए। आश्रमवासी भाई देखते रह गए।

मसहरी कितनों को मिलती है?

आश्रम में मच्छर बहुत परेशान करते थे। गाँधीजी को ठीक नींद नहीं आती थी। किसी से कहा–"इन मच्छरों का क्या किया जाय? रात में बड़ी तकलीफ होती है।"

उस मित्र ने सुझाया–"आप मसहरी लगा लीजिये, बड़ा आसान उपाय है।"

गाँधीजी सोचने लगे। फिर बोले–"मसहरी वाला उपाय मैं जानता हूँ। लेकिन हिन्दुस्तान में कितने लोग मसहरी लगा सकते हैं? जहाँ खाने को एक रोटी नहीं मिलती, वहाँ मसहरी कौन लगा सकता है? ठण्ड और गरमी से लाखों लोग देश में मर रहे हैं। लाखों गाँवों में गरीब लोग गरमी का वास भोगते हैं। क्या यह उपाय उन सबके लिए सुलभ है? सम्भव है?"

आगे जाकर किसी ने बापू से कहा कि मिट्टी का तेल बदन पर लगाकर सोयें, तो मच्छर पास नहीं आते। बापू को खुशी हुई और फिर मिट्टी का तेल बदन पर चिपुड़कर सोने लगे।

कहीं शरीर को अजगर की तरह...

जलियांवाला बाग के अमानुषिक हत्याकांड के बाद राष्ट्रीय महासभा ने उसकी जांच के लिए एक समिति बनाई थी। गाँधीजी उसके सदस्य थे। अनेक दिनों तक घर-घर घूम कर उन्होंने हजारों व्यक्तियों की गवाहियां इकट्ठी की थीं। उनमें से एक गवाही को भी चुनौती देने का साहस किसी को नहीं हुआ। उस जांच समिति की रिपोर्ट गांधीजी ने ही लिखी थी।

उसके बाद वह साबरमती आश्रम लौट गए। उन्हीं दिनों पंडित सुन्दरलालजी उनसे मिलने के लिए आए। कमरे में जहां गाँधीजी बैठे थे, वहीं महादेव देसाई भी कुछ काम कर रहे थे। पंडितजी को देखकर गाँधीजी खिलखिला पड़े और बोले, "आओ।"

सुन्दरलालजी गाँधीजी की ओर मुड़े। गाँधीजी बहुत थक गए थे। सुन्दरलालजी ने कहा, "बापूजी, आप तो बहुत थके मालूम होते हैं। कुछ अधिक परेशान भी लग रहे हैं। ऐसा प्रतीत होता है, पंजाब में द्वार-द्वार भटकने और रिपोर्ट लिखने के कारण आपने बहुत जागरण किया है। अब आप कहीं जाकर एक-दो महीने के लिए आराम क्यों नहीं करते?"

गाँधीजी ने तुरंत उत्तर दिया, "कहीं शरीर को ऐसे अजगर की तरह पड़ा रखकर सहलाया जाता है।"

आश्रम के नियमों ने बापू की...

एक दिन सौ० शारदा देवी शर्मा महिलाश्रम से पढ़ाकर घर लौटीं तो दो-तीन बहनों को प्रतीक्षा करते पाया। वह मद्रास से आई थीं और गाँधीजी के दर्शन करके उसी दिन लौट जाना चाहती थीं। दर्शन से पहले उन्होंने भोजन करना भी स्वीकार नहीं किया।

शारदा देवी उन्हें अपने साथ लेकर सेवाग्राम की ओर चलीं। लेकिन बातों-ही-बातें में न जाने क्या हुआ कि वे रास्ता भूल गईं। इधर-उधर भटक कर जब वे आश्रम में पहुंचीं तो मिलने का समय बीत चुका था। एक बन्धु ने उन्हें सलाह दी, "अभी थोड़ी देर में अमतुस्सलाम बहन बापूजी को मठा पिलाने जाएंगी। जाकर उनकी खुशामद करो, शायद वह तुम्हें ले जाएं।"

शारदा देवी वहीं पहुंचीं। अमतुस्सलाम बहन ने उनकी बात सुनी और हंस पड़ी। चश्मे के भीतर से उन्हें घूरती हुई बोलीं, "हरकतें तो करती हैं आप लोग, डांट खानी पड़ती है मुझे!

भला यह भी कोई समय है बापू को परेशान करने का।"

लेकिन अनुनय-विनय करने पर वह उन सबको गाँधीजी के पास ले गईं। कुटिया का वातावरण गंभीर था। दरवाजे के ठीक सामने सफेद बिछौना बिछा था। उसके ऊपर एक डेस्क रखी थी। पीछे के खम्भे के सहारे एक लकड़ी का तख्ता था। गांधीजी उसी पर टिके बैठे थे और एक कार्ड पढ़ रहे थे। पास ही एक छोटी-सी तिपाई भी रखी थी। अमतुस्सलाम बहन ने उसी तिपाई पर गिलास रखा कि गाँधीजी का ध्यान टूटा। सामने देखा तो शारदादेवी खड़ी थीं। बोले, "अभी कैसे?"

शारदा बहन ने अपनी कहानी कह-सुनाई। सुनकर गाँधीजी बड़े जोर से हंसे, लेकिन यह जानकर वह असमंजस में पड़ गए कि ये बहनें अभी तक भूखी हैं और इन्हें आश्रम देखकर अभी लौट जाना है। बोले, "तुमने अपने आने की सूचना पहले से क्यों नहीं दी?"

संकोच के साथ शारदा देवी बोलीं, "बापू, पिता के घर आने वाली बेटियां क्या कभी सूचना देकर आती हैं? मां-बाप के घर का दरवाजा तो उनके लिए सदा ही खुला रहता है।"

गाँधीजी बोले, "यह तो आश्रम है। आश्रम के नियमों ने बाप की ममता को जकड़कर रख दिया है। जाओ, बा की झोंपड़ी में, जो मिले खा लो।"

वे सब लोग वहां से उठकर चली गईं, लेकिन अभी थोड़ी दूर ही गई थीं कि उन्होंने गाँधीजी को बा की कुटिया की ओर जाते हुए देखा। दो क्षण बाद एक बहन आई। बोली, "बा रसोई में गई हैं। आप लोग कितने हैं?"

यह सुनकर शारदा बहन चकित रह गईं। आश्रम में सब काम समाप्त हो चुके थे। यह समय आराम का था, पर अब क्या हो सकता था। थोड़ी देर बाद एक बहन उनको भोजन-घर के बरामदे में ले गई। पीतल की साफ चमकती हुई थालियों में गर्म-गर्म, दो-दो मोटी चपातियां, लाल टमाटर के टुकड़े, गाजर और मूली, ये सब उनके सामने रखते हुए बा बोलीं, "खाओ, साग अभी नहीं बन सकता।"

लेकिन उसकी जरूरत क्या थी? चपातियों पर दो-दो चम्मच शहद पड़ा था। वे बेचारी लाज से गड़ी जा रही थीं कि देखती क्या हैं कि

दरवाजे के पास गाँधीजी खड़े हैं। हंसते हुए कह रहे हैं, "आज खूब पेटभर खाना। भूख में कैसा भी भोजन हो, अच्छा लगता है।"

शारदा बहन ने उत्तर दिया, "बापूजी, आज का भोजन तो जीवन-भर की खुराक बन गया है।"

बापू बोले, "हां-हां, जो एक बार यहां भोजन कर जाते हैं, वे आश्रम के ऋणी हो जाते हैं और इस ऋण को चुकाते हैं, भाई-बहनों की सेवा करके। पर याद रखना, फिर कभी बा को तकलीफ न देना, नहीं तो वह मुझसे लड़ेगी।"

और यह कहते हुए वह दूसरे कमरे में गए। वहां से गुड़ उठा लाये और अपने कांपते हुए हाथों से उन चारों को गुड़ परोसा।

दरिद्र नारायण का उपासक

गाँधी जी गोल मेज कान्फ्रेन्स में लन्दन जा रहे थे बम्बई से जहाज के खुलते ही गाँधीजी सामान देखने लगे। कितना सारा सामान था।

बापू ने पूछा–"महादेव, इन बक्सों में क्या है? इतना सामान क्यों जमा हो गया?"

"विलायत में ठण्ड अधिक है इसलिए कईयों ने कपड़े दिये हैं। कम्बल हैं, गरम कपड़े हैं। 'ना' कैसे कहा जाय? यह एक कश्मीरी शाल है। महादेवभाई बड़ी आजिजी से कहने लगे।"

"हम इतने सारे कपड़े लेकर कैसे जाएं? हम दरिद्र नारायण के प्रतिनिधि रूप में जा रहे हैं न? ये कपड़े-लत्ते देखकर हमें कौन गरीब कहेगा? मुझे तो कपड़ों की आवश्यकता नहीं है। बहुत ठण्ड लगती हो तो कम्बल काफी है। जो बहुत जरूरी हो, वही रखो। बाकी सब लौटा दो। अब अदन आएगा।"

महादेवभाई ने अदन में वह सारा बोझ उतार दिया। वहां के मित्रों से कहा–"यह भारत लौटा देना। कमर पर पंछिया पहनकर दरिद्र नारायण का प्रतिनिधि उस साम्राज्य की राजधानी के लिए रवाना हुआ और वहाँ के सम्राट (जार्ज पंचम) से भी एक धोती में मिला जिस के राज में सूर्य कभी अस्त न होता था।"

इन्हें हरिजन बच्चों को दे देना

हरिजन यात्रा के समय जब गाँधीजी बिरला मिल गए, तो वहां के श्रमवासियों और हरिजन बच्चों ने एक सभा करके गाँधीजी को मानपत्र अर्पित किया। वह मान पत्र केले के पत्ते में लपेटकर दिया गया था। यह देखकर गाँधीजी बोले, "भाव तो यह अच्छा है, पर अगर फल दे देते, तो मैं खा भी लेता न।"

गाँधीजी ने यह बात विनोद में ही कही थी, लेकिन थोड़ी ही देर में फलों की एक टोकरी वहां आ गई। सभा समाप्त हो जाने पर गाँधीजी ने उन फलों को देखा और बोले, "फल तो बड़े मीठे जान पड़ते हैं। खा लेने की इच्छा होती है, परन्तु क्या किया जाये। अच्छा, इन्हें हरिजन बच्चों को देना। उनके द्वारा मैं खा लूंगा।"

निराश्रित होने का आनन्द

हरिजनों को सवर्ण हिन्दुओं से कानूनन् अलग न किया जाय, इस बात पर सन् 1932 में गाँधीजी ने पूना में उपवास किया। तब पूना समझौता हुआ। फिर उन्होनें जेल से हरिजनों के सम्बन्ध में हरिजन पत्रों में लेख लिखने की अनुमति माँगी। अनुमति नहीं मिली, इसलिए उपवास शुरू किया था। उन्हें जेल से छोड़ दिया गया। लेकिन वे कानून को भंग करने निकले। क्योंकि आन्दोलन के जारी रहते वे बाहर कैसे रहते? सरकार ने फिर पकड़ा। फिर लेख लिखने की अनुमति माँगी। फिर उपवास। सरकार तो दुराग्रही थी, जिद्दी थी, एक तरह से निर्लज्ज थी। आखिर सरकार ने जब उन्हें मुक्त किया, तब महात्माजी ने खुद जाहिर किया कि, "सालभर में समझूँगा कि जेल में ही हूँ। दूसरा राजनैतिक काम नहीं करूँगा, केवल हरिजनों का काम करूँगा। पहले वहाँ पर्णकुटी में 21 दिन का उपवास किया और फिर हिन्दुस्तान के दौरे पर निकले। वही उनका सुप्रसिद्ध अस्पृश्यता-निवारण सम्बन्धी दौरा था। यह दौरा मध्यप्रान्त (वर्तमान मध्य प्रदेश और विदर्भ) से शुरू हुआ। 'मध्यप्रान्त के शेर' बैरिस्टर अभ्यंकर उनके साथ थे।

उस दिन नागपुर में सभा थी। लाखों लोग एकत्र हुए थे। महात्माजी को थैली अर्पित की गयी। उस समय बैरिस्टर अभ्यंकर की पत्नी ने अपने शरीर से जेवर उतार कर दे दिये।

श्री अभ्यंकर ने कहा–"बापू, ये आखिरी जेवर हैं। अब मेरी पत्नी के पास कोई जेवर बचा नहीं है।

गाँधीजी बोले–"ठीक है। लेकिन अभी तक आपको रोटी की चिन्ता नहीं है न? जिस दिन सुनूंगा कि अभ्यंकर को खाना नहीं मिल रहा है; उस दिन खुशी से नाचूँगा।"

बापू जिनसे प्रेम करते थे, उनसे अधिक से अधिक त्याग की अपेक्षा रखते थे।

करुणामूर्ति

किसानों का सत्याग्रह चल रहा था महात्माजी के सत्याग्रह में सभी भाग ले सकते थे। सैनिक युद्ध में बन्दूक चला सकने वाले ही काम आते हैं। लेकिन जिस प्रकार छोटे से लेकर बड़े तक सब राम-नाम लेते हैं, उसी प्रकार सब अपने-अपने आत्मा के बल पर इसमें भाग ले सकते हैं। सत्याग्रह में तमाम लोग शामिल हो सकते हैं। चम्पारन की उस सत्याग्रही सेना में कुष्ठ-रोग से पीड़ित एक खेतिहर मजदूर था। वह पैरों में चिथड़ा लपेटकर चलता था। उसके घाव खुल गए थे। पैर खूब सूजे हुए थे। असह्य वेदना हो रही थी लेकिन आत्मिक शक्ति के बल पर वह महारोगी योद्धा सत्याग्रही बना था।

एक दिन शाम को सत्याग्रही योद्धा अपनी छावनी पर लौट रहे थे। उस महारोगी सत्याग्रही के पैरों के चिथड़े रास्ते में गिर पड़े। उससे चला नहीं जा रहा था। घावों से खून बह रहा था। दूसरे सत्याग्रही तेजी से आगे बढ़ गए। महात्माजी सबसे आगे रहते थे। वे बड़ा तेज चलते थे।

आश्रम पहुंचने पर प्रार्थना का समय हुआ। बापू के चारों ओर सत्याग्रही बैठे। लेकिन बापूजी को वह महारोगी दिखाई नहीं पड़ा। उन्होंने पूछताछ की। अन्त में किसी ने कहा–"वह जल्दी चल नहीं सकता था। थक जाने से वह पेड़ के नीचे बैठा था।"

गाँधीजी एक शब्द भी न बोलकर उठे। हाथ में बत्ती लेकर उसे खोजने बाहर निकल पड़े। वह महारोगी राम-नाम लेते हुए एक पेड़ के नीचे परेशान बैठा था। बापू के हाथ की बत्ती दीखते ही उसके चेहरे पर आशा फूट पड़ी। भरे गले से उसने पुकारा–'बापू।'

गाँधीजी कहने लगे–"अरे, तुमसे चला नहीं गया, तो मुझसे कहना नहीं चाहिए था?" उसके खून से सने पैरों की ओर ध्यान गया। वह महारोगी था। दूसरे सत्याग्रही घृणा से पीछे हट गए। लेकिन गाँधीजी ने चादर फाड़कर उसके पैर को लपेट दिया। उसे सहारा देकर धीरे-धीरे आश्रम में उसे कमरे में ले आए। बाद में उसके पैर ठीक तरह से धोये। प्रेम से उसे अपने पास बैठाया। भोजन शुरू हुआ। प्रार्थना हुई। वह महारोगी भी भक्ति और प्रेम से ताली बजा रहा था। उसकी आँखें डबडबा रही थीं। उस दिन की प्रार्थना कितनी गम्भीर और कितनी भावपूर्ण रही होगी।

तुम तो अब बड़े हो गए

'भारत-छोड़ो' आन्दोलन में भाग लेने के कारण श्रीपाद जोशी कई वर्ष जेल में रहे। छूटने के बाद कुछ दिन उन्होंने घर के लोगों से मिलने में बिताये और फिर दिसम्बर 1944 में वापस वर्धा पहुंच गए। जिस दिन वहां पहुंचे, उसी रात को वह गाँधीजी को प्रणाम करने के लिए सेवाग्राम पहुंचे। लगभग ढाई वर्ष बाद वह उनसे मिल रहे थे। गाँधीजी ने उन्हें देखते ही कहा, "अच्छा! तुम तो अब बड़े हो गए।"

श्रीपाद जोशी ने कुछ लजाकर उत्तर दिया, "जी नहीं। बिल्कुल नहीं। मैं तो वैसा ही हूं, जैसा ढाई साल पहले था।"

गाँधीजी कुछ क्षण के लिए जैसे विचार-मग्न हो गए हों, फिर बोले, "क्यों नहीं। मैंने तुम्हारे बारे में काफी सुना है।"

यह सुनकर श्रीपाद जोशी गम्भीर हो गए। पूछा, "लेकिन यह बताइये कि मैं बड़ा कैसे हुआ!"

गाँधीजी ने कहा, "काम से।"

श्रीपाद जोशी बोले, "काम से! मगर मैंने जो कुछ किया है, वह तो आपको पसन्द नहीं!"

गाँधीजी ने सहज-भाव से उत्तर दिया, "लेकिन ऐसा थोड़ा ही है कि जो काम मुझे पसन्द न हो, वह बड़ा ही न हो। इसी में तो मेरी परीक्षा है कि जो काम मुझे पसन्द नहीं है, उसके भी बड़प्पन को मैं समझ सकूं और उसकी कद्र कर सकूं।"

श्रीपाद जोशी ने कहा, "अगर हमारे लोगों को यह बात मालूम हो जाये तो वे कितने खुश होंगे!"

(श्रीपाद जोशी और उनके साथियों ने 'भारत-छोड़ो' आन्दोलन में तोड़-फोड़ का काम किया था और यह समझा जाता था कि गाँधीजी उस काम को पसन्द नहीं करते थे।)

गांधी मर गया

महात्माजी मरण को भी ईश्वर की कृपा मानते थे। कई बार अपने उपवास के समय कहा करते थे कि 'मर जाऊँ तो भी ईश्वर की कृपा ही मानिये।' सन् 1916-17 की बात है। बिहार के चम्पारन में महात्माजी किसानों का आन्दोलन चला रहे थे। गोरे जमींदार सरकार की मदद से भारी जुल्म करते थे। एक बार एक जवान किसान लाठी की मार से सिर फूट जाने से मर गया। उसकी माँ बूढ़ी थी। उसका वह इकलौता बेटा था। उस माँ के दुःख की सीमा नहीं थी। वह महात्माजी के पास आकर बोली-"मेरा इकलौता बच्चा चला गया। उसे किसी तरह जिला दीजिए।" गाँधीजी क्या कर सकते थे? गम्भीर होकर बोले-"माँ, मैं तुम्हारे बच्चे को कैसे जीवित करूँ? मेरी ऐसी शक्ति कहाँ? ऐसी पुण्याई कहाँ? और वैसा करना ठीक भी नहीं है। मैं उसके बदले तुम्हें दूसरा बच्चा दूँ?"

यह कहकर महात्माजी ने उस बूढ़ी माँ के काँपते हाथ अपने सिर पर रख लिये और आँसू सँभालते हुए उस माता से कहा-"लो लाठी-चार्ज में गांधी मर गया। तुम्हारा लड़का जिन्दा है और वह तुम्हारे सामने खड़ा है, तुम्हारा आशीर्वाद माँग रहा है।"

उस माँ के आँसू रोके न रूकते थे। उसने बापू को अपने पास खींच लिया। उनका सिर अपनी गोद में लेकर 'मेरा बापू' बोलने लगी। उसने उन्हें प्रेमभरा आशीर्वाद दिया कि 'सौ साल जियो।'

नम्रता ने ही चकमा दिया

1942 में गाँधीजी आगाखाँ महल में नजरबंद थे।

बापूजी जेल में भी अपना समय व्यर्थ नहीं गँवाते थे। वाचन, लेखन, प्रार्थना, कताई, सब काम बराबर चलते थे। बीच में ही कभी कोई नयी भाषा सीखते थे, किसी नये ग्रंथ का परिचय कर लेते थे। इस तरह चलता था। जवाहर लालजी, मौलाना आजाद, राजेन्द्रबाबू आदि सारे नेता भी जेलवास का इसी तरह लाभ उठा लेते थे। जवाहर लालजी ने तो अपने सारे बड़े-बड़े ग्रन्थ जेल में ही लिखे हैं।

उस दिन गाँधीजी का जन्म-दिन था। आन्दोलन के उन दिनों जेल के बाहर सारे देश में जनता बड़ी गम्भीरता के साथ वह दिन मनाती थी। उधर सरोजिनी देवी, डॉ. सुशीला नैयर आदि ने एक नया शिगूफा खिलाया। वे बोलीं–"बापू, आज सारे काम बन्द! आज आपका जन्म-दिवस है।"

बापू ने कहा–"सारा दिन काम बन्द नहीं रखना है। केवल दोपहर के समय कुछ देर बन्द रहे।"

तय हो गया। दोपहर को गाँधीजी के परिवार के लोगों ने नया ही खेल शुरू किया।

निश्चय हुआ कि संसार के महान् विचारकों के भाषण और लेख लिये जायें और बारी-बारी से प्रत्येक व्यक्ति उन विचारकों का नाम पहचाने। दूसरों की बारी समाप्त हुई। गाँधीजी की बारी आयी। उन्हें कुछ उद्धरण सुनाये गए और सब बापू से कह उठे–"बापू पहचानिये तो, ये किनकी उक्तियाँ है?"

बापू ने कुछ देर सोचकर कहा–"पहली थोरो की है, दूसरी रोमां रोलां की और तीसरी इमर्सन की या कार्लाईल की है।"

सब चिल्ला उठे–"गलत, बिलकुल गलत!"

फिर उनमें से एक ने कहा–"बापू, ये सारे उद्धरण एक ही व्यक्ति के हैं और उस व्यक्ति का नाम है मोहनदास करमचन्द गांधी!"

बापू हँस पड़े। सब हँसने लगे।

ईश्वर पर श्रद्धा

ईश्वर पर गाँधीजी की अत्यंत गहरी निष्ठा थी। वही तारने वाला है, वही मारने वाला है। साबरमती का आश्रम हाल ही में शुरू हुआ था। उन्होंने कहा कि अगर कोई हरिजन आ सके तो उसे भी आश्रम में लेंगे। एक हरिजन–परिवार आया। महात्माजी ने उसे लिया। अहमदाबाद के सनातनी लोग क्षुब्ध हुए। व्यापारी लोग धर्म के मामले में बड़े कट्टर होते हैं। अब आश्रम की आर्थिक सहायता कौन करेगा?

मगनलालभाई गांधीजी के भतीजे थे वे आश्रम की व्यवस्था देखते थे। दक्षिण अफ्रीका से गाँधीजी की साधना में समरस हुए थे। गाँधीजी उन्हें अपना दायाँ हाथ मानते थे। आश्रम ने हरिजन परिवार को सम्मलित करते ही लोगों ने आर्थिक सहायता बंद कर दी। एक दिन शाम की प्रार्थना के बाद बापूजी से कहा–"बापू कल आश्रम में खाने को कुछ नहीं है। पैसे तो बचे नहीं। क्या किया जाय?"

बापू ने शान्ति से कहा–"चिन्ता न करो। ईश्वर को चिन्ता है। उसने कहा, **'योगक्षेमं वहाम्यहम्'**।"

उसी दिन रात को कोई व्यापारी आया। उसने आश्रम देखा और तेरह हजार रूपये देकर चला गया।

एक बार किसी ने गाँधीजी से पूछा–"आप अपना बीमा क्यों नहीं करवाते?" उन्होंने कहा–इसलिए कि ईश्वर पर श्रद्धा है।"

आकाशवाणी से संदेश

1947 में बापू से कहा गया, "आप आकाशवाणी से शांति का संदेश दें, तो ज्यादा अच्छा होगा।"

"इसकी क्या जरूरत है? प्रार्थना के बाद जो बोलता हूं, वह तो रेडियों पर आता ही है। फिर इसकी क्या जरूरत है?" यह कह कर बापू ने बात टाल दी।

"लेकिन बापू आपको पता है कि आपका शांति का संदेश आपकी ही आवाज में सुनने से करोड़ों निराश्रितों को कितनी शांति मिलेगी? आप आकाशवाणी से बोलेंगे, तो इसकी खबर पहले से सबको बता देंगे, ताकि करोड़ों लोग आपकी वाणी सुन सकें," घनश्यामदास बिड़ला ने कहा।

"अच्छा, ऐसा है मेरीं आवाज में हमदर्दी की बातें सुनने से लाखों-करोड़ों शरणार्थियों को ज्यादा शांति मिलेगी, उनको ज्यादा तसल्ली होगी, तब तो मैं जरूर आकाशवाणी जाकर बोलने को तैयार हूं," बापू ने आकाशवाणी जाकर बोलने का प्रस्ताव फौरन स्वीकार करते हुए कहा।

विद्योपार्जन का महत्व

"मैं बंगला-पाठ की शिक्षा लेना कैसे छोड़ सकता हूं? यह तो मेरी खुराक है," बापू ने कहा।

यह बात है, 30 जनवरी 1948 की बापू के बलिदान दिवस की।

बापूजी 1946 में नोआखली गए। तब से उन्होंने बंगला सीखना शुरू किया था। वहां वह प्रो. निर्मलकुमार बसु से बंगला सीखते थे। कुछ महीनों के बाद शांति कार्य के लिए बापू को बिहार और दिल्ली जाना पड़ा। निर्मलकुमार बसु को साथ में नहीं ले गए, इसलिए बंगला सीखने का क्रम टूट गया। नोआखली में बापू ने आभा (गाँधीजी की पौत्र वधू) से कहा, "तुम तो बंगाली हो। नोआखली से आने के बाद बंगला सिखाना।" यह सुनकर आभा को बड़ा संकोच हआ। 79 साल के बापू और उनके जैसे बड़े महात्मा को सिखाने में पौत्र वधु जैसी 20 साल की लड़की आभा को 'हां' कहने में झिझक हो रही थी। बापू ने पूछा, "क्यों मौन हो गई? इसमें झिझकने की क्या बात है? सिखाने में संकोच की कोई आवश्यकता नहीं है। तुम्हारे पास जो ज्ञान है, वह मुझे लेने की आवश्यकता है। उसमें तुम्हें संकोच क्यों?"

गाँधीजी. नेहरूजी, मौलाना आज़ाद सेवा ग्राम साबरमती आश्रम में

आखिर में आभा ने 'हां' कहा और बापू बंगला सीखने लगे। बीच-बीच में साम्प्रदायिक एकता के लिए उन्होंने उपवास किए। उन दिनों बंगला सीखने का अभ्यास बंद रहा। बाकी किसी दिन नहीं छूटा।

आज सुबह से ही बापू बहुत व्यस्त रहे। उपवास के बाद इतना परिश्रम किया कि बापू आज एकदम थके हुए लगते थे, इसलिए आभा ने कहा, "बापू आज आप बहुत ही थके हुए लगते हैं। आज बंगला पाठ न करें तो? जरा आराम कर लें।" इस पर बापू ने तुरन्त कहा," यह कैसे हो सकता है। यह तो मेरी खुराक है। चाहे कितना भी थका हुआ

हूं, या कितना भी व्यस्त रहूं, बंगला पाठ तो जारी रहना ही चाहिए। तुम्हें मुझ पर दया आ गई, इसलिए तुम यह कह रही हो। मैं तेरी बात समझ सकता हूं। इसमें दया की कोई बात नहीं है। यह तो मेरे लिए एक खुराक ही है। इसे रोज नियमित रूप से ही लेना चाहिए। किताब निकालो। पढ़ना शुरू करूं।" बापू ने आज भी बंगला पाठ जारी रखने का इतना आग्रह किया कि आभा मजबूर हो गईं और 'ना' नहीं कह सकीं। बापू ने बंगला पाठ पढ़ा और लिखा भी। बापू के आखिरी दिन का यह बंगला पाठ आज भी आभा के पास है।"

बापू अक्सर कहा करते थे, "बच्चा जब गर्भ में प्रवेश करता है, तब से आखिरी दम तक वह विद्यार्थी ही रहता है।" बापू 30 जनवरी के आखिरी दिन भी बंगला पाठ का अभ्यास करके, आखिर तक विद्यार्थी ही बने रहे। इस तरह वह एक आदर्श छोड़कर गए।

गाँधीजी
की सूक्तियाँ

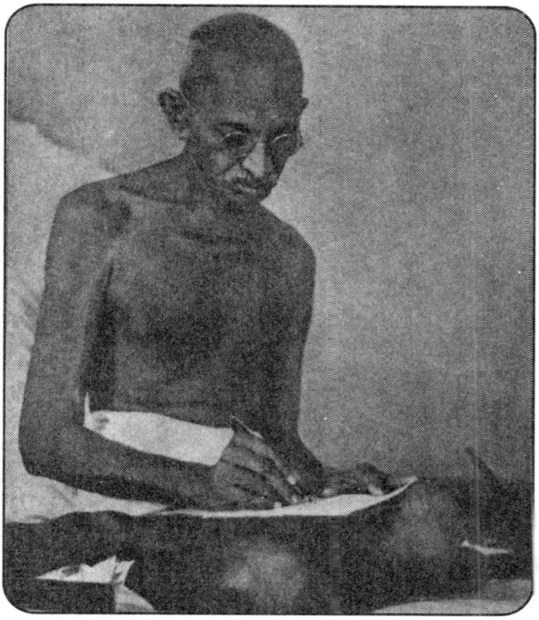

ईश्वर के नाम तो अनेक हैं लेकिन एक ही नाम ढूढें तो वह है सत, सत्य। इसलिए सत्य ही ईश्वर है।

❖ ❖ ❖

सत्य के दर्शन बगैर अहिंसा के दर्शन हो ही नहीं सकते। इसीलिए कहा है कि अहिंसा परमो धर्मः।

❖ ❖ ❖

सत्य की शोध और अहिंसा का पालन ब्रह्मचर्य, अस्तेय, अपरिग्रह, अभय, सर्वधर्म समानत्व, अस्पृश्यता निवारण इत्यादि के बगैर हो नहीं सकता।

❖ ❖ ❖

ब्रह्मचर्य का अर्थ यहां मनसा, वाचा, कर्मणा इंद्रिय निग्रह है। जो स्त्री गमन नहीं करता हुआ मन से विकारमय रहता है, वह सच्चा ब्रह्मचारी न माना जाए।

❖ ❖ ❖

अस्तेय का अर्थ चोरी नहीं करना इतना ही नहीं है। जिस वस्तु की हमें आवश्यकता नहीं है उसे रखना, लेना भी चोरी है। चोरी में हिंसा तो भरी है।

❖ ❖ ❖

अपरिग्रह से मतलब यह है कि हम कोई चीज संग्रह न करें जिसकी हमें आज दरकार नहीं है।

❖ ❖ ❖

अभय में सब प्रकार के डर का अभाव होना चाहिए। मौत का डर, मार-पीट का डर, भूख का डर, अपमान का डर, लोक लाज का डर, भूत प्रेत का डर, किसी के क्रोध का डर इन और ऐसे सब डरों से मुक्ति, अभय है।

❖ ❖ ❖

जैसे हम अपने धर्म को आदर देते हैं ऐसे ही दूसरे धर्म को दें मात्र सहिष्णुता पर्याप्त नहीं है।

❖ ❖ ❖

अस्पृश्यता निवारण के मानी हरिजनों को छूना इतना ही नहीं, लेकिन उनको हमारे रिश्तेदारों जैसा समझना, अर्थात् जैसे हमारे भाई बहनों से बर्तते हैं ऐसे ही उनसे बर्तना। न कोई ऊंच है, न कोई नीच।

❖ ❖ ❖

सत्य के दर्शन के लिए संतो का चरित पढ़ना और उसका मनन करना आवश्यक है।

❖ ❖ ❖

योगश्चित वृति निरोध:

यह पातंजल योग दर्शन का पहला सूत्र है। योग चित्तवृति का विरोध है, यानी हमारे दिल में उठती तरंगों पर अंकुश रखना, उसे दबा देना, यह योग हुआ।

❖ ❖ ❖

जिसके चित्त में तरंग उठते ही रहते हैं वह सत्य के दर्शन कैसे कर सकता है। चित्त में तरंग का उठना समुद्र के तूफान जैसा है। तूफान में जो सुकानी सुकान पर काबू रख सकता है वह सलामत रहता है। ऐसे ही चित्त की अशांति में जो राम नाम का आश्रय लेता है वह जीत जाता है।

❖ ❖ ❖

मिथ्या ज्ञान से हम हमेशा डरते रहे, मिथ्या ज्ञान वह है जो हम को सत्य से दूर रखता है या करता है।

❖ ❖ ❖

जन भगवान निज मुख से कहते हैं कि वे सब प्राणीयों में विहार करते हैं तो हम किससे वैर करें?

❖ ❖ ❖

मीरा बाई के जीवन से हम बड़ी बात यह सीखते हैं कि उसने भगवान के लिए अपना सब कुछ छोड़ा, पति भी।

❖ ❖ ❖

श्रद्धा से मनुष्य क्या नहीं कर सकता? सब कुछ कर सकता है।

❖ ❖ ❖

श्रद्धा से मनुष्य पहाड़ों को उलुंघन (विजय) करता है

❖ ❖ ❖

जो मनुष्य किसी एक चीज पर एक निष्ठा से काम करता है वह आखिर सब चीज करने की शक्ति हासिल करेगा।

❖ ❖ ❖

सच्चा सुख बाहर से नहीं मिलता, अंदर से ही मिलता है

❖ ❖ ❖

जिसने अपना मन खोया, उसने सब खोया।

❖ ❖ ❖

सीधा रास्ता जैसा सरल है, ऐसा ही कठिन है। ऐसा न होता तो सब सीधा रास्ता ही लेते।

❖ ❖ ❖

"दया धर्म का मूल है" ऐसा तुलसीदास जी ने कहा है और कहते हैं– "तुलसी दया न छांड़िये जब लग घट में प्रान।" हम सब दया के भिक्षुक, कैसे दया करें और किस पर?

❖ ❖ ❖

क्या बात है कि हम सामान्यतया भी झूठ से नहीं बचते, भले वह शर्म या डर के मारे क्यों न हो। क्या अच्छा यह नहीं होगा कि हम मौन ही धारण करें, या आपस में निडर होकर जैसा हमारे दिल में है वैसा ही कहें?

❖ ❖ ❖

थोड़ा सा झूठ भी मनुष्य का नाश करता है जैसे दूध को एक बूंद जहर।

❖ ❖ ❖

सही चीज के पीछे वक्त देना हम को खटकता है, निकम्मों के पीछे ख्वार होते हैं और खुश होते हैं।

❖ ❖ ❖

"आदम को खुदा मत कहो, आदम खुदा नहीं, लेकिन खुदा के नूर से आदम जुदा नहीं"

❖ ❖ ❖

संतो की वाणी सुनो, शास्त्र पढ़ो, विद्वान हो लो, लेकिन अगर ईश्वर को हृदय में स्थान नहीं दिया तो कुछ नहीं किया।

❖ ❖ ❖

मुक्ति तो हम सब चाहते हैं लेकिन उसका अर्थ ठीक-ठीक हम शायद नहीं जानते हैं। एक अर्थ तो यह है कि जन्म मरण से छुटकारा पाना।

❖ ❖ ❖

भक्त कवि नर सैंयो कहते हैं "हरेना जन तो मुक्ति न मांगे, मांगे जनमोजनम अवतार रे" इस दृष्टि से देखें तो 'मुक्ति' कुछ और रूप लेती है।

❖ ❖ ❖

अनासक्ति की पराकाष्ठा गीता की मुक्ति है, और वही अर्थ हम ईशोपरिषद के पहले मंत्र में पाते हैं।

❖ ❖ ❖

अनासक्ति कैसे बढ़े? सुख और दुःख, दोस्त और दुश्मन, हमारा और दूसरों का दुःख सब समान समझने से अनासक्ति बढ़ती है। इसलिये अनासक्ति का दूसरा नाम समभाव है।

❖ ❖ ❖

जैसे बूंद का समुदाय समुद्र है, इसी तरह हम मैत्री करके मैत्री का सागर बन सकते हैं। और जगत में सब एक दूसरों से मित्र भाव से रहें तो जगत का रूप बदल जाए।

❖ ❖ ❖

विकारी विचार भी बीमारी की निशानी है। इसलिए हम सब विकारी विचार से बचते रहें।

❖ ❖ ❖

विकारी विचार से बचने का अमोध उपाय-राम नाम है। नाम कंठ से ही नहीं, हृदय से निकलना चाहिए।

❖ ❖ ❖

व्याधि अनेक हैं, वैद्य अनेक हैं, उपचार भी अनेक हैं अगर व्याधि को एक ही देखें और उसको मिटाने हमारा वैद्य एक राम ही है ऐसा समझें, तो बहुत सी झंझटों से हम बच जाएं।

❖ ❖ ❖

आश्चर्य है वैद्य मरते हैं, डाक्टर मरते हैं, उनके पीछे हम भटकते हैं। लेकिन राम जो मरता नहीं है, हमेशा जिन्दा रहता है और अचूक वैद्य है,उसे हम भूल जाते हैं।

❖ ❖ ❖

इसी तरह बूढ़े, बच्चे, जवान, धनिक, गरीब, सब को मरते हुए पाते हैं तो भी संतोष से बैठना नहीं चाहते हैं, लेकिन थोड़े दिन जीने के लिए राम को छोड़ सब प्रयत्न करते हैं।

❖ ❖ ❖

क्या जन्म और मरण शायद एक ही सिक्के के दो पहलू नहीं हैं? एक तरफ देखो तो मरण और दूसरी तरफ जन्म। इसमें दुःख क्यों? हर्ष क्यों?

❖ ❖ ❖

कैसा अच्छा हो कि इतना समझ कर हम राम भरोसे रह कर जो व्याधि आवे उसको भी बरदाश्त करें और अपना जीवन आनंदमय बना कर व्यतीत करें।

❖ ❖ ❖

शरीरधारी महादेव को शरीर से और उसके लेखों से ही हम देखते थे। यह एक ही बात हुई। देहातीत महादेव सर्वव्यापी हैं और उसके गुणों से हम उसको पहचान सकते हैं और इसमें सब एक से शरीक हो सकते हैं। किसी को ज्यादा कम विभाग (हिस्सा) नहीं मिल सकता है।

❖ ❖ ❖

जगत द्वंद्व से भरपूर है, सुख के पीछे दुःख रहा है, दुःख के पीछे सुख। धूप है तो छाया भी, प्रकाश है तो अंधेरा भी, जन्म है तो मृत्यु भी। इस द्वंद्व से हटना अनासक्ति है। द्वद्व को जीतने का उपाय द्वन्द्व को मिटाना नहीं है लेकिन द्वंद्वातीत, अनासक्त होना है।

❖ ❖ ❖

सत्य की आराधना कैसे हो? सत्य कौन जानता है? यहाँ सापेक्ष सत्य की बात है। जिसे हम सत्य रूप से दखें वह सत्य इतना सत्य भी बहुत कठिन है ऐसा अनुभव से प्रतीत होगा।

❖ ❖ ❖

जानता हुआ आदमी सत्य कहने से क्यों झिझकता है? शर्म के मारे? किसकी शर्म? ऊपरी है तो क्या? नौकर है तो क्या? बात यह है कि आदत आदमी को खा जाती है। हम सोचें और बुरी आदत से छूट जाए। छूटे नहीं तो सत्य के रास्ते पर नहीं जा सकते हैं। बात यह है कि सत्य के लिए सब कुछ कुरबान करें। हम ऐसा दीखना नहीं चाहते, लेकिन उससे बेहतर दिखाना चाहते हैं। कैसा अच्छा हो अगर हम नीच हैं तो नीच दीखें, अगर ऊंचे होना चाहें तो ऊंचे काम करें, ऊंचे विचारें। ऐसा न हो सके तो भले नीच ही दीखें। कोई रोज तब ऊंचे जाएंगें।

❖ ❖ ❖

जैसे अनुभव लेता हूँ, पाता हूँ कि आदमी अपने आप अपने सुख दुःख का कारण है। ऐसा होते हुए आदमी सुखी दुःखी क्यों होता है, बात यह है कि आदमी ऐसे विचार नहीं करना चाहता इसलिए ऐसे विचार करने की फुरसत ही नहीं है।

❖ ❖ ❖

अगर हम सच्चा जीवन व्यतीत करना चाहते हैं तो मानसिक आलस्य छोड़ कर हमें मौलिक विचार करना होगा। परिणाम यह होगा कि हमारा जीवन बहुत सरल हो जाएगा।

❖ ❖ ❖

जो मनुष्य अपने पर काबू नहीं रख सकता, वह दूसरों पर कभी सच्चा काबू नहीं रख सकता।

❖ ❖ ❖

हजारों मन कचरा बड़े परिश्रम से निकालते हैं तब कोई हीरा हाथों में आता है। क्या हम इस परिश्रम का थोड़ा हिस्सा कचरा रूपी झूठ निकालने में और हीरा रूपी सत्य ढूढ़ने में देते हैं?

❖ ❖ ❖

बगैर परिश्रम से, यानी बगैर तप से, कुछ भी हो नहीं सकता है तो आत्म शोध कैसे हो सके?

❖ ❖ ❖

जमीन का मालिक तो वही है जो उस पर मेहनत करता है।

❖ ❖ ❖

शुद्ध हृदय से निकला हुआ वचन कभी निष्फल नहीं होता।

❖ ❖ ❖

आलस्य से हमें दुःख होगा तो हम आलसी नहीं रहेंगे। ऐसे ही यदि हमें व्याभिचार से दुःख होगा तो व्याभिचारी नहीं बनेंगे।

❖ ❖ ❖

प्रथम काम बाद में दाम मिले तो, दाम जितना काम। यह तो हुई परमात्मा की सेवा। अगर पहले मांगोगे तो हुई शैतान की सेवा।

❖ ❖ ❖

कामना को सन्तुष्ट नहीं करना अच्छा है। लेकिन शुरू करने के बाद उसे रोकना असंभव नहीं तो कठिन तो है ही।

❖ ❖ ❖

ज्ञानी ने हमें मुसाफिर कहा है। बात सच्ची है, हम यहाँ तो चंद रोज के लिए हैं। बाद में 'मरते' नहीं, अपने घर जाते हैं। कैसा अच्छा और सच्चा ख्याल?

❖ ❖ ❖

मनुष्य की प्रतिष्ठा उसके दिल में, हृदय में है, नहीं कि उसके मस्तिष्क में, यानी बुद्धि में।

❖ ❖ ❖

मृत प्रिय जन का स्मरण कैसे करें? मेरा दृढ़ विश्वास है कि वे मरते नहीं, शरीर मरता है, लेकिन स्मरण तो कायम रखना ही है, उनके सब गुण हमारे में यथाशक्ति उतार कर उनकी शुभ प्रकृति अपना कर और उसमें वृद्धि करें। समाधि पर फूल आदि रखना उसी स्मरण को बढ़ाने के लिए है। अगर फूलों से ही सन्तुष्ट रहें तो उसे मैं मूर्ति पूजा कहूँगा।

❖ ❖ ❖

अपने को पहचानने के लिए मनुष्य को अपने से बाहर निकल कर तटस्थ बनकर अपने को देखना है।

❖ ❖ ❖

धर्म वह है जो सब धारण करता है, यानि सब हिस्से में सब समय जीवन में ओत प्रोत है।

❖ ❖ ❖

जिनके साथ हमारा सहवास है उनसे अपनी त्रुटियाँ देख सकते हैं और सुधार भी सकते हैं। बेहतर है कि हम रोज के व्यवहार को शुद्धतम रखें तो सच्चे सेवक बनने की आशा रख सकते हैं।

❖ ❖ ❖

कोई शुभ निश्चय भी मनुष्य भले न करे लेकिन विचार पूर्वक जो निश्चय करे तो उसे कभी न छोड़े।

❖ ❖ ❖

आदमी में अपने को धोखा देने की शक्ति इतनी है कि वह दूसरों को धाोखा देने की शक्ति से बहुत अधिक है। इस बात का प्रत्यक्ष प्रमाण हरेक समझदार आदमी है।

❖ ❖ ❖

सत्य के व्रत की शुद्ध निशानी है कि सत्यार्थी मौन का सेवन करे ऐसे होते हुए भी हम पाते हैं कि सत्यार्थी बहुत बातें करते हैं। कारण स्पष्ट है आदत। हम इस आदत को छोड़ें।

❖ ❖ ❖

मनुष्य जब अपनी हद से बाहर जाता है, हद से बाहर काम करता है, विचार भी करता है, तब उसे व्याधि हो सकती है, क्रोध आ सकता है। ऐसी जल्दबाजी निकम्मी है, नुकसान भी कर सकती है।

❖ ❖ ❖

धर्म कुछ जीवन से भिन्न नहीं है, जीवन ही धर्म माना जाए। बगैर धर्म का जीवन मनुष्य जीवन नहीं है, वह पशु जीवन है।

❖ ❖ ❖

जो ज्यादा काबू पाते हैं या ज्यादा काम करते हैं, वे कम से कम बोलते हैं। दोनों साथ मिलते ही नहीं। देखो कुदरत सबसे ज्यादा काम करती है, सोती नहीं, लेकिन मूक है।

❖ ❖ ❖

किसी की मेहरबानी मांगना अपनी आजादी बेचना है।

❖ ❖ ❖

जो दुखियों का ही ख्याल करता है, वह अपना ख्याल नहीं करेगा, उसको इतना समय ही कहाँ है?

❖ ❖ ❖

यह कितनी गलत बात है कि हम मैले रहें और दूसरों को साफ रहने की सलाह दें।

❖ ❖ ❖

जो मनुष्य किसी का भी बोझ हलका करता है, वह निकम्मा नहीं है।

❖ ❖ ❖

जिसे हम सही और शुभ मानें वही करने में हमारा सुख है, हमारी शांति है, नहीं कि जो दूसरे कहें या करें उसे करने में।

❖ ❖ ❖

जीना मनमानी मौज करना खाना, पीना कूदना नहीं; लेकिन ईश्वर की स्तुति करना अर्थात मानव जाति की सच्ची सेवा करना।

❖ ❖ ❖

मनुष्य जीवन और पशु जीवन में फर्क क्या है? इसका सम्पूर्ण विचार करने से हमारी काफी मुसीबतें हल होती हैं।

❖ ❖ ❖

हमारी गंदगी हमने जब तक नहीं निकाली है, तब तक प्रार्थना करने का कुछ हक है क्या?

❖ ❖ ❖

हम हैं क्योंकि ईश्वर है, इसीसे हम देखते हैं कि मनुष्य मात्र, जीव मात्र, ईश्वर का अंश है।

❖ ❖ ❖

नये करार (बाईबिल) में एक यह वाक्य है "तेरे दिल में न चिन्ता रहे, न तू किसी का भय रखे" यह वाक्य उसके लिए है जो परमात्मा को मानता है।

❖ ❖ ❖

पूर्व पश्चिम में भेद न करें। हरेक वस्तु कहीं की हो उसकी तुलना गुण दोष पर करें, तब ही शुद्ध न्याय कर सकते हैं।

❖ ❖ ❖

वही नया करार कहता है कि अगर ईश्वर हमें लालच में डालता है, तो उसमें से बच जाने का रास्ता भी वही बताता है। यह बात सही उन्हीं के लिए है जो अपने आप लालच में फंसते नहीं।

❖ ❖ ❖

अहिंसा के मार्फत स्वतंत्रता पाने का एक ही मार्ग है; मर कर जीते हैं, मार कर कभी नहीं।

❖ ❖ ❖

किस्मत और पुरुषार्थ का झगड़ा रोज चलता है। हम पुरुषार्थ करते रहें और परिणाम ईश्वर पर छोड़ें

❖ ❖ ❖

धैर्य से, शांति से क्या नहीं हो सकता है। उसका तजुर्बा जो लेना चाहे उनको रोज मिल सकता है।

❖ ❖ ❖

नाम की महिमा सिर्फ तुलसीदास ने ही गाई है ऐसा नहीं है, बाईबिल में मैं वही पाता हूँ। दसवें रोमन के 13 कालम में कहते हैं; "जो कोई ईश्वर का नाम लेंगे वे मुक्त हो जाएंगे।"

❖ ❖ ❖

गुनाह छिपा नहीं रहता। वह मनुष्य के मुख पर लिखा रहता है। उस शास्त्र को हम पूरे तौर से नहीं जानते, लेकिन बात साफ है।

❖ ❖ ❖

गाँधीजी एक सभा में सीमान्त गाँधी के साथ

पानी का स्वभाव नीचे जाने का है। इसी तरह दुर्गुण नीचे ले जाता है। इसलिये सहल होना ही चाहिए। सद्गुण ऊंचे ले जाता है, इसलिए मुश्किल सा लगता है।

❖ ❖ ❖

ईश्वर हमारा आश्रय है, वही हमारा बल है और वही आपत्ति के समय में हमारी रक्षा करता है (साम. 46-1)

❖ ❖ ❖

ईश्वर का कौल है 'मैं आज हूं, कल था, या भविष्य में होऊगाँ। मैं सब जगह में हूं, सब में हूं। इतना जानते हुए भी हम ईश्वर से दूर भागते हैं और जो विनाशी अपूर्ण है उसका सहारा ढूंढते हैं और दुःखी होते हैं इससे अधिक आश्चर्य किस में है।

❖ ❖ ❖

पाप पुण्य, सुख दुःख क्यों? ईश्वर होते हुए ईश्वर व्यक्ति नहीं है। वह नियम है, नियंता भी। इसका अर्थ हुआ कि मनुष्य कर्म का भोग बनता है। सत्कर्म से चढ़ता है, दुष्कर्म से पड़ता (गर्त में जाना) है।

❖ ❖ ❖

मनुष्य जानता है कि जब मरने के नजदीक पहुंचता है सिवाय ईश्वर के कोई सहारा नहीं है, तो भी राम नाम लेते हिचकिचाहट होती है। ऐसा क्यों?

❖ ❖ ❖

किस्मत पर सब न छोड़ें, न पुरुषार्थ का फांका करें। किस्मत चलती रहेगी। हम देखें कहां दखल दे सकते हैं, देना फर्ज होता है, परिणाम कुछ भी हो।

❖ ❖ ❖

दुःखद बात तो यह है कि हम जानते हैं क्या करना है, लेकिन उसे हम कर नहीं पाते। इसका उत्तर हरेक मनुष्य अपने लिए दे।

❖ ❖ ❖

प्रतिदिन मौन का महत्व मैं देखता हूं। सब के लिए अच्छा है लेकिन जो कामों में डूबा रहता है उसके लिए तो मौन सुवर्ण है।

❖ ❖ ❖

उतावला सो ब्हावरा (बावला), धीरा सो गंभीरा। प्रतिक्षण इसका सत्य देखा जाता है।

❖ ❖ ❖

शरीर को बचाने के लिए बहुत उद्यम करता हूँ, आत्मा को पहचानने के लिए इतना करता हूँ क्या?

❖ ❖ ❖

अंधा वह नहीं जिसकी आंख फूट गई है। अंधा वह है जो अपने दोष ढांकता है।

❖ ❖ ❖

गैर-समझ से मैं गुस्सा करता हूँ, रोता हूँ, हंसता हूँ रहम खाता हूँ। यह सब छोड़कर, धीरज रखकर, गैर-समझ मिटाना ही मेरा धर्म नहीं है क्या?

❖ ❖ ❖

हम क्या मानें? हमारी तारीफ, हमारी निन्दा? दोनों गलत हो सकते हैं। तब हमारा इंसाफ हम ही करें? इसमें भी तो काफी गलती पाई जाती है। हम कैसे हैं सो तो ईश्वर ही जानता है लेकिन वह तो हमें कहता नहीं है। अच्छा तो यह है कि हम अपने बारे में कुछ जानें नहीं, मानें नहीं। जैसे हैं वैसे हैं। जानने से और मानने से हमें कुछ फायदा नहीं पहुंचता। हमारा धर्म पालन ही सच्ची बात है।

❖ ❖ ❖

मनुष्य के शांति की कसौटी समाज में ही हो सकती है हिमालय की टोच (चोटी) पर नहीं।

❖ ❖ ❖

आदर्श एक वस्तु है, उसका पालन बिल्कुल दूसरी वस्तु है।

❖ ❖ ❖

हम कोशिश से सन्तुष्ट रहें, बशर्ते कि कोशिश सही और यथाशक्ति हो, परिणाम सिर्फ कोशिश पर निर्भर नहीं रहता और चीजें भी होती हैं। जिस पर हमारा कोई अंकुश नहीं होता।

❖ ❖ ❖

सत्याग्रही कहलाने से मनुष्य सत्याग्रही नहीं बनता है। शुद्ध सत्य का पालन करने से ही मनुष्य सत्याग्रही बनता है।

❖ ❖ ❖

मनुष्य का लोभ आकाश से ऊंचा जाता है, पाताल से भी नीचे। इसलिए उसमें मर्यादा होनी ही चाहिए।

❖ ❖ ❖

मनुष्य अपने निर्णय प्रमाण को आधारभूत करके करता है और उसी पर चलता है। ऐसी हालत में अच्छा है कि जहां तक बन सके कुछ निर्णय करना नहीं और परिणाम के बारे में तटस्थ रहना। निर्णय करने का धर्म बन जाता है तब पूरी सावधानी रखकर ही निर्णय करना और निडरता से अमल करना।

❖ ❖ ❖

यथा शक्ति किसे कहें? जिससे मनुष्य अपनी सब शक्ति बगैर संकोच के खर्च करता है। ऐसे शुभ प्रयत्न में सफलता प्रायः होती है।

❖ ❖ ❖

असंगत जैसी मोटी वस्तु छोटी लगती है, और सुसंगत जैसी सबसे छोटी वस्तु का इतना ही स्थान है जैसा मोटी का

❖ ❖ ❖

आशा से परे चीज जब मनुष्य पाता है, उसके आनन्द की सीमा नहीं रहती।

❖ ❖ ❖

अपने दोष हम देखना नहीं चाहते हैं, दूसरों के देखने में हमें मजा आता है। बहुत-सा दुःख तो इसी आदत में से पैदा होता है।

❖ ❖ ❖

अगर हम सोचें कि हमारे पास बहुत काम है तो हम घबराहट में पड़ जाएंगे और कुछ नहीं होगा। अगर हम शांत रह कर पहाड़ जितने काम को भी एक बार शुरू कर दें तो दिन प्रतिदिन आसान होगा और खत्म होगा।

❖ ❖ ❖

काला हम दूषित मानते हैं, सफेद निर्दोष मानते हैं। लेकिन जब काला स्वाभाविक है तब वही गुण बनता है, जैसे सफेद अस्वाभाविक होने पर दोष माना जाता है।

❖ ❖ ❖

अजीब बात है कि जो कहता है कि मैं मौत से डरता नहीं हूँ, वही बहुत डरता है और न मरने के इलाज करता है।

❖ ❖ ❖

कन्फ्यूशियस कहते हैं—सुव्यवस्थित संस्थान में धन से उदय नहीं माना जाता है लेकिन लोक और लोक-नायक की पवित्रता ही उनका सच्चा धन है।

❖ ❖ ❖

मन दो प्रकार के हैं—एक नीचे ले जाता है, दूसरा ऊंचे इसे हम बराबर सोचें और पहचानें

❖ ❖ ❖

तब देव कैसा हो? निरंजन, निराकार तो भी सब गुणों का भंडार और सब गुण होते हुए निर्विकार। तब देव पुल्लिंग क्यों? यह व्याकरण की बात हुई। हमारा देव निराकार होने के कारण वह न पुरुष है न स्त्री है

❖ ❖ ❖

जैसे हमारी पीठ दूसरा आदमी ही देखता है, हम नहीं, ऐसे ही हमारे दोष भी हम नहीं देखते हैं।

❖ ❖ ❖

क्या मौत हर हालत में अति दुःख से मुक्ति नहीं है? अगर है, तो शोक क्यों?

❖ ❖ ❖

जिन्दगी गुलाब के समान मानी जती है। जिन्दगी में भी कांटा भरा है. इसलिए।

❖ ❖ ❖

सच कहें तो डर एक ही होना चाहिए। वह है मैला या झूठा करने से डरना।

❖ ❖ ❖

क्या बात है कि आदमी सच कहने से और करने से डरता है, झूठ से नहीं?

❖ ❖ ❖

अंग्रेजी कहावत ठीक ही है कि मनुष्य सच्चे मौत से कम मरता है। लेकिन डर के मारे कोई रोज मरते हैं; कोई रोज नहीं तो बार-बार मरते हैं। मैंने बताया है कि सच्ची मौत तो अशांति में से मुक्ति है। डर से मरना अशांति बढ़ाता है और मनुष्य के हाल बुरे होते हैं।

❖ ❖ ❖

देव के कोई भी नाम हों लेकिन उसमें देव के गुण हों तो उसे हम अवश्य नमस्कार करें।

❖ ❖ ❖

मनुष्य जब एक नियम तोड़ता है तो दूसरे अपने आप टूट जाते हैं।

❖ ❖ ❖

सुख में सुख देखना दुःख है, दुःख में से सच्चा सुख निकलता है।

❖ ❖ ❖

अभिमान मनुष्य को खा जाता है। उस का समर्थन प्रतिक्षण हरेक आदमी को होता है।

❖ ❖ ❖

इससे उल्टा, निर-भिमान अथवा नम्रता आदमी को पोषण देता है, और बढ़ाता है।

❖ ❖ ❖

एक भी मिनट फिजूल जाता है, तो वापिस कभी नहीं आता है यह बात जानते हुए हम कितना मिनट गंवाते हैं।

❖ ❖ ❖

निकम्मा शब्द भी सत्य को भंग करता है। यही कारण है कि मौन से ही सत्य का पालन आसान बन सकता है

❖ ❖ ❖

बगैर आदर्श के मेहनत निष्फल है, जैसे बगैर दिशा या बन्दर का जहाज निष्फल घूमता है।

❖ ❖ ❖

प्रतिक्षण अनुभव होता है कि समता के फल मीठे होते हैं।

❖ ❖ ❖

जिद्द और आग्रह में बड़ा भेद है। जिद् उसका नाम है जिससे हम अपनी बात दूसरों पर लादना चाहें। आग्रह उसका नाम है जिससे हम अपने पर कोई चीज डालते हैं। उसका फल आता है कि दूसरे अपने आप उसे मानने लगते हैं।

❖ ❖ ❖

जब काम बहुत है और समय कम है, तो मनुष्य क्या करे? धैर्य रखे और जिसे ज्यादा उपयोगी माने उसे पूरा करे, और बाकी ईश्वर पर छोड़ दे। दूसरे रोज जिन्दा होगा तो जो रह गया है उसे पूरा करेगा।

❖ ❖ ❖

जब आदमी कुछ बुरा काम करता है तो शर्मिंदा होता है। जब अच्छा करता है तो जाहिर करना चाहता है, क्यों?

❖ ❖ ❖

ईर्ष्या करने वाले को खाती है। जिसकी वह ईर्ष्या करता है, वह अविच्छिन्न रहता है, शायद अनजान भी।

❖ ❖ ❖

ईर्ष्या से उल्टी उदारता है। उदारता से हम किसी से द्वेष नहीं करते, किसी के पास कुछ गुण हैं उसकी स्तुति करते हैं, और हम कुछ पाते हैं।

❖ ❖ ❖

मनुष्य अपने को कैसे धोखा देता है, इसको मैं प्रतिक्षण पाता हूँ।

❖ ❖ ❖

खुश करना तो खुदा को, खुशामद करना तो भी उन्हीं की, इससे हम सब चिन्ता और झंझट से छूट जाते हैं।

❖ ❖ ❖

खुदा को खुश कैसे करें? खुशामद कैसे करें? खुदा के इंसान की खिदमत करके खुदा को खुश कर सकते हैं, खुशामद कर सकते हैं।

❖ ❖ ❖

इच्छा कई प्रकार की होती है, शुभ, अशुभ और शक्य। शुभ और शक्य इच्छा का ही मन में स्थान हो सकता है।

❖ ❖ ❖

शास्त्रों का अर्थ अनेक लोग अनेक तरह करते हैं। सीधा रास्ता यह है कि जो अर्थ हमें जंचे वही करें और उसके मुताबिक चलें, भले हमारा अर्थ व्याकरण के प्रतिकूल सिद्ध हो। शर्त यह है कि हमारा अर्थ नीति का विरोधी न हो और हमको संयम की ओर ले जाता हो।

❖ ❖ ❖

असत्यवादी अपने लिए अनेक खिड़कियां रखता है एक नहीं तो दूसरी खिड़की से निकल जाता है और मानता है–"मैं कैसा होशियार?" हकीकत में अपने लिए बड़ा खड्डा खोदता है जिसमें वह गिरता है।

❖ ❖ ❖

उससे उल्टा, सत्यवादी सब खिड़कियां बंद करता है, या कहो उसके पास न दीवार है न खिड़की। आंख मूंद कर भी वह सीधे रास्ते पर जा सकता है। कभी खड्डे में गिरता ही नहीं

❖ ❖ ❖

अनासक्ति कठिन है ऐसा कई कहते हैं। है भी ऐसा। लेकिन जिस चीज की हमें दरकार है वह हमेशा कठिन नहीं रहती है क्या? जब हम भरसक प्रयत्न करते हैं तब कठिन वस्तु आसान हो जाती है।

❖ ❖ ❖

समुन्दर बिन्दु का बना हुआ है। उसका सबब तो यही है कि बिन्दुओं में सम्पूर्ण सहयोग है। यही बात मनुष्य पर लागू होती है।

❖ ❖ ❖

अज्ञान छुपाने से बढ़ता है। अज्ञान बताने से आशा की जा सकती है कि वह कभी न कभी कम होगा।

❖ ❖ ❖

कंठस्थ ज्ञान की इतनी कीमत है जितनी तोता के राम नाम की।

❖ ❖ ❖

मौन में सर्व अर्थ सिद्धि है–ऐसा अनुभव बढ़ता जाता है

❖ ❖ ❖

अगर यह सही है और अनुभव वाक्य है तो समझा जाए कि जो ज्ञान कंठ से नीचे जाता है और हृदयस्थ होता है, वह मनुष्य को बदल देता है। शर्त यह है कि वह ज्ञान आत्मज्ञान है।

❖ ❖ ❖

बहुत गैर समझ की जड़ अविश्वास में होती है; बहुत अविश्वास की जड़ में भय होता है।

❖ ❖ ❖

कोई भी काम करके जब मनुष्य दुःख मानता है, तो समझना कि वह ज्ञान पूर्वक नहीं करता, मजबूरन करता है।

❖ ❖ ❖

मनुष्य की आदत ऐसी है कि अपने दोषों को भूल कर दूसरों के देखता है और बाद में निराशा ही रह जाती है।

❖ ❖ ❖

परमेश्वर पर विश्वास रखना सबसे आसान होना चाहिए, लेकिन सबसे कठिन वही दिखता है।

❖ ❖ ❖

भय के सिवाय प्रीति होती नहीं है–ऐसा लौकिक कथन है वह गलत है। सही यह है कि जहाँ भय है, वहाँ सच्ची प्रीति होती ही नहीं

❖ ❖ ❖

आदमी अगर निकम्मी बात छोड़े और काम की थोड़े से थोड़े शब्दों में कहे तो बहुत समय अपना और दूसरों का बचा सकता है।

❖ ❖ ❖

वही चीज एक निगाह से देखें, तो गुस्सा आता है, दूसरी निगाह से देखें तो हंसी आती है। क्या, अच्छा यह नहीं कि हम न तो गुस्सा करें, न हँसे?

❖ ❖ ❖

जब कोई सच्चा ही वचन कहता है, और बर्ताव भी ऐसा ही करता है, उसका असर हम रोज देखते हैं। फिर भी उस मुताबिक न बोलते हैं और न करते हैं।

❖ ❖ ❖

जो मनुष्य त्याग करता है और दुःख मानता है, उसने त्याग किया ही नहीं। सच्चा त्याग सुखद होता है, मनुष्य को ऊंचे ले जाता है।

❖ ❖ ❖

सच्चा सहारा ईश्वर का ही हो सकता है, लेकिन ईश्वर किसी के मार्फत ही मदद दे सकता है। इसलिए कोई जानबूझ कर किसी निर्बल की मदद न ले।

❖ ❖ ❖

गुरु तेग बहादुर कहते हैं "जो जीवन में कम से कम ईजा (दुःख, कष्ट देता है) करता है, वह सादा है। जो कुछ भी ईजा नहीं करता, वही स्वच्छ है"। इसलिए जो मनुष्य कुछ भी बुराई नहीं करता है, वह शुद्ध धर्म का पालन करता है।

❖ ❖ ❖

गाँधी जी नेता जी सुभाष के साथ विचार विमर्श करते हुए

कोई कहे इस रास्ते से सीधे चले जाओ और उसी रास्ते से आदमी जाए तो अपने ठिकाने पहुंचेगा। ऐसा रास्ता सत्य है उस पर चलने से आदमी अपने ठिकाने कम से कम समय में पहुंच जाता है।

❖ ❖ ❖

मुझे तो ईश्वर के बारे में हर घड़ी, प्रतीति होती है। फिर किसी से डरना क्या?

❖ ❖ ❖

जब तुम्हें कोई झूठा कहे या मुखालिफत करे तो गरम मत हो जाओ। शांति से अपनी बात कहनी है तो कह दो। शायद मौन सब से बेहतर है। किसी के झूठे बनाने से तुम झूठे नहीं बनते, अगर तुम सच्चे हो।

❖ ❖ ❖

बगैर विचार के विचार मत करो, मत बोलो, मत लिखो, और विचार करो। इससे कितना समय बच सकता है।

❖ ❖ ❖

अफवाह सुनना नहीं, सुनना तो मानना नहीं।

❖ ❖ ❖

झूठ आत्मा को खा जाता है, सत्य आत्मा को पुष्ट करता है।

❖ ❖ ❖

अपना ऐब हमेशा सुने, अपनी स्तुति कभी न सुने

❖ ❖ ❖

मैं कब और ईश्वर कब, उसका निश्चय करने में ज्ञान की परीक्षा है।

❖ ❖ ❖

ईश्वर तो एक ही है और हमेशा एक रूप या अरूप है हम इसका आईना हैं। अगर हम सीधे हैं तो वह सीधा दीखता है। हम टेढ़े हैं तो वह भी टेढ़ा लगता है। इसलिए हम हर तरह स्वच्छ ही रहें।

❖ ❖ ❖

किसी का ऐब निकालना एक बात है। उसे साबित करना दूसरी बात है

❖ ❖ ❖

एकांत की खूबी, जिसने जानबूझ कर उसका सेवन किया है, वही जानता है।

❖ ❖ ❖

जो आदमी सब की पगधूलि होता है वह ईश्वर के नजदीक है।

❖ ❖ ❖

अगर देहात में हिन्दुस्तान है, तो एक देहात संपूर्ण बने, तो हम जान सकते हैं सारे हिन्दुस्तान में क्या होना चाहिए और कैसे।

❖ ❖ ❖

जिन्दगी मजा के लिए नहीं है, अपितु करतार को पहचानने के लिए और जगत की सेवा के लिए है।

❖ ❖ ❖

जिन्दगी अगर प्राणी सेवा के लिए और ईश्वर को पहचानने के लिए ही है, तो उसे पाक रखना और परहेजगार रखना अपना फर्ज है।

❖ ❖ ❖

समुंदर में पड़ी हुई मच्छी (मच्छली) अगर समुंदर को पहचान सकती है तो संसार में पड़ा हुआ, प्राणी संसार को पहचान सकता है।

❖ ❖ ❖

गुरु तेग बहादुर कहते हैं कि "गंदा काम नहीं करना, यही सही कानून है।"

❖ ❖ ❖

जीना झूठ है। मृत्यु सही है, निश्चित है (नानक)

❖ ❖ ❖

सत्य अंतर में ढूंढने से मिलता है, दलील से, संवाद से, कभी नहीं। सत्य के बदले में ईश्वर पढ़ो, तो भी एक बात है।

❖ ❖ ❖

नानक कहते हैं कि "ईश्वर हरेक के हृदय में है और इस कारण हरेक हृदय ईश्वर का मन्दिर है।"

❖ ❖ ❖

अगर हरेक हृदय में ईश्वर है, तो हम किसका तिरस्कार करें?

❖ ❖ ❖

नानक कहते हैं– "अगर हम ईश्वर के कानून पर चलें, तो हमें मनुष्य के कानून की गुंजाइश नहीं रहती है"

❖ ❖ ❖

नानक कहते हैं "ईश्वर का कानून है कि हम जगत में एक कुटुंब हैं, और हरेक व्यक्ति को दूसरों के लिए रहना है।"

❖ ❖ ❖

अहंकार रूपी अंधकार, अंधकार से भी ज्यादा है।

❖ ❖ ❖

इस अहंकार रूपी अंधकार को कैसे निकालें? रजवत् होने तक की नम्रता रूपी प्रकाश से।

❖ ❖ ❖

दु:ख है वह सुख की दूसरी बाजू है। इसलिए सुख के पीछे दु:ख रहा ही है। इससे उल्टा, दु:ख के पीछे सुख।

❖ ❖ ❖

आत्मा रूपी सही धन को जो नहीं पहचानता, न उसकी रक्षा करता है, तो क्या वह और किस चीज की रक्षा कर सकता है?

❖ ❖ ❖

एक वचन भी सत्य है तो काफी है। असत्य वचन कितने भी हों निकम्में हैं।

❖ ❖ ❖

सत्य वचन की शक्ति वहाँ तक जाती है कि मनुष्य को स्वार्थ से परमार्थ में ले जाती है।

❖ ❖ ❖

शुद्ध ज्ञान धर्म ग्रंथ पढ़ने से नहीं मिलता। शुद्ध ज्ञान सिवाय सद्गुण के असंभवित है।

❖ ❖ ❖

आदमी प्रतिक्षण जागृत न रहे तो सत्य उसे मिल ही नहीं सकता है।

❖ ❖ ❖

सत्याग्रही के लिए अधिकार जैसी कोई चीज हो नहीं सकती है क्योंकि अधिकार सेवा ही के लिए लिया जाता है।

❖ ❖ ❖

इसलिए सत्याग्रही कभी अधिकार ढूंढेगा नहीं, अधिकार उसे ढूंढ लेगा

❖ ❖ ❖

सत्य रूपी क्षीर सागर में अगर असत्य रूपी जहर का एक भी बिन्दु दाखिल होवे तो सारा क्षीर सागर जहरी बन जाता है।

❖ ❖ ❖

नानक कहते हैं "मनुष्य औरत में है और औरत मनुष्य में है।" तो भी जगत में व्याभिचार क्यों चलता है?

❖ ❖ ❖

आकाश के नीचे मैदान में नानक पड़ा था। एक सुखी गृहस्थ ने कहा "नजदीक में सुन्दर धर्मशाला है, वहाँ जाइए"। नानक ने जवाब दिया "मेरी धर्मशाला सारी पृथ्वी है, आकाश उसका छप्पर है।"

❖ ❖ ❖

नानक कहते हैं "सुख की लालसा सच्ची व्याधि है, दुःख उसका उपचार है।"

❖ ❖ ❖

फिर नानक कहते हैं "जो देते हो वह तुम्हारा है, जो रखते हो वह तुम्हारा नहीं है।"

❖ ❖ ❖

जब हम कुछ भी लेते हैं, तब दूसरों के मुंह से निकालते हैं। इसलिए हरेक चीज लेने के समय हम देखें कि आवश्यक चीज ही लें और आवश्यकता कम से कम रखें।

❖ ❖ ❖

नानक कहते हैं "जो मनुष्य सख्त शरीर मेहनत करके कमाता है और जो कमाता है उसे दूसरों के साथ बाँटता है, वही सच्चा हो सकता है।"

❖ ❖ ❖

जो आदमी अंहिसा को नहीं मानता है, वह सत्य को कैसे मान सकता है? अगर अहिंसा व्यवहार में नहीं उतरती है, तो सत्य भी नहीं उतर सकता।

❖ ❖ ❖

जैसे पिण्ड में ब्रह्मांड है, ऐसे देहात में हिन्दुस्तान है।

❖ ❖ ❖

नानक कहते हैं "आदमी जितना भोग भोगता है, उतना ही दुःखी होता है।"

❖ ❖ ❖

इटली की संत कैथेरिन के पास पैसे नहीं थे, अपना झबा पहना था एक मिस्कीन ने वह मांगा। संत ने दे दिया। किसी ने पूछा– "इस रास्ते में कैसे जायेगी?" उसने उत्तर दिया "प्रेम पहनना मुझे झबा से अधिक ढांकता है।"

❖ ❖ ❖

अहंभाव मिटने से ही बीक (डर) मिटती है।

❖ ❖ ❖

एक के पास ईश्वर है, करोड़ के पास शैतान है; तो एक, करोड़ से डरें?

❖ ❖ ❖

जो ईश्वर को याद करता है, वह दूसरा सब भूल सकता है।

❖ ❖ ❖

जो दूसरा सब याद रखे और ईश्वर को भूले, उसने कुछ याद नहीं किया है।

❖ ❖ ❖

जो ईश्वर को भूलता है, वह अपने को भूलता है।

❖ ❖ ❖

अगर आत्मा है, परमात्मा है ही

❖ ❖ ❖

हम शरीरधारी होने के कारण परमात्मा की हस्ती की कल्पना नहीं कर सकते हैं।

❖ ❖ ❖

जो आदमी अपने काम के लिए हिंसा कर सकता है वह असत्य क्यों नहीं बोलेगा या करेगा?

❖ ❖ ❖

कई चीज आदमी बोल कर करता है, कई मौन से और कई कार्य से। सबमें ज्ञान है तो कार्य ही है।

❖ ❖ ❖

हम ऐसा मानने की गलती कभी न करें कि गुनाह में छोटा–बड़ा होता है।

❖ ❖ ❖

एक चोरी करता है, एक चोरी में मदद करता है, एक चोरी का इरादा करता है। तीनों चोर हैं।

❖ ❖ ❖

जो मैं करता हूं, वह छोटा दोष है और दूसरे करते हैं वह बड़ा दोष ऐसे मानने वाला अज्ञान कूप में पड़ा है।

❖ ❖ ❖

शरम के मारे जो आदमी दोष करता है वह दो गुना दोष करता है और कभी ईश्वर के सामने नहीं खड़ा रह सकेगा।

❖ ❖ ❖

जो ईश्वर को साक्षी रखकर सब कुछ सोचता है, बोलता है, करता है, वह सच्चा करने से कभी शर्मिंदा नहीं होगा।

❖ ❖ ❖

जो मनुष्य एक वस्तु दिल से मानता है, वह सर्वथा अनुचित है तो भी उसकी दृष्टि से सही है।

❖ ❖ ❖

जो ईश्वर की हस्ती के बारे में शंका करता है, उसका नाश होता है।

❖ ❖ ❖

जिसको ईश्वर की हस्ती के लिए शंका है उसे अपनी हस्ती के लिये भी शंका होनी चाहिए।

❖ ❖ ❖

जिसका बर्ताव पशु जैसा है, वह पशु से बदतर है। पशु का पशुत्व उसके लिए स्वाभाविक है, मनुष्य का नहीं।

❖ ❖ ❖

स्त्री अबला नहीं है। वह कभी पुरुष से बलहीन नहीं है इसलिए किसी पुरुष की दया न मांगे, न अपेक्षा करे।

❖ ❖ ❖

राजा या रंक हरेक अपने धर्म का चौकीदार होता है। इसमें हर्ष क्या, शोक क्या?

❖ ❖ ❖

ताज्जुब है कि आदमी बहुत दफे नहीं जानता है कि दुश्मन कौन और दोस्त कौन?

❖ ❖ ❖

जो मातृभाषा की अवगणना करता है, वह अपनी माता की करता है।

❖ ❖ ❖

जो जमीन पर बैठता है, उसे कौन नीचे बिठा सकता है, जो सबका दास बनता है उसे कौन दास बना सकता है?

❖ ❖ ❖

क्रोधावेश में आदमी अपना नुकसान करता है–उसका पुरावा (अनुभव) रोज मिलता है।

❖ ❖ ❖

हमारा जीवन रोज नया होता है वह ज्ञान हमको ऊँचे जाने के लिए मददगार बनना चाहिए।

❖ ❖ ❖

अगर सुख के पीछे पड़ें तो सुख दूर भागता है। सच तो यह है कि सुख भीतर से ही मिलता है। कोई सौदा करने की चीज नहीं है कि हम बाहर से मोल लें।

❖ ❖ ❖

जो मनुष्य क्रोध का कारण मिलते हुए भी क्रोध नहीं करता है, उसी ने ही क्रोध पर जय (विजय) पाया है।

❖ ❖ ❖

क्रोध पर जय पाने का अर्थ यह नहीं कि बाहर से क्रोध नहीं दीखता मगर भीतर में तो क्रोध भरा ही है ज्ञान पूर्वक क्रोध जड़ से निकालना ही जय है।

❖ ❖ ❖

दूसरों पर जीत पाना अपने पर जीत पाने से बहुत सहल है, क्योंकि पहली जीत में बाहर के साधन काम देते हैं, दूसरी में निजी मन ही कारण है।

❖ ❖ ❖

जो धर्म यंत्रवत् बनता है व धर्म नहीं कहा जा सकता है।

❖ ❖ ❖

धर्म मनुष्य जीवन में ओत प्रोत बने, तब ही वह धर्म माना जाए। वह वस्त्र जैसी वस्तु नहीं है।

❖ ❖ ❖

"पैसा परमेश्वर है" ऐसा कहना गलत बात है, और गलत सिद्ध हो चुका है।

❖ ❖ ❖

एक कानून तोड़ा तो सब टूटे, क्योंकि सब कानूनों का एक मूल है और एक टूटने से आत्म संयम टूटा।

❖ ❖ ❖

प्रवृत्ति मात्र आत्मा के विकास के लिए है या होनी चाहिए और आत्म विकास में ईश्वर दर्शन छिपा है।

❖ ❖ ❖

मनुष्य ईश्वर को पूजे और मनुष्य का तिरस्कार करे, यह बनने लायक नहीं है।

❖ ❖ ❖

मनुष्य की सच्ची पहचान उनके हार्दिक विनय से होती है।

❖ ❖ ❖

कवि ने कहा है कि विद्या रहित मनुष्य पशु के समान है। वह विद्या कौन सी?

❖ ❖ ❖

विद्या वही है जिससे मनुष्य अपने को पहचाने। इसका अर्थ आत्म ज्ञान हुआ।

❖ ❖ ❖

"पर दुःख उपकार करे तोय, मन अभिमान न आणे रे" अगर अंतर्यामी सब करवाता है, तो अभिमान कैसे?

❖ ❖ ❖

श्रद्धा में निराशा को कोई स्थान नहीं है।

❖ ❖ ❖

गाँधीजी नेटाल (दक्षिण अफ्रीका) में गोपाल कृष्ण गोखले के साथ

व्यवहार में जो काम न दे, वह धर्म कैसे हो सकता है?

❖ ❖ ❖

धर्म का जामा पहनने से पाप पुण्य नहीं बनता, भूल से भूल नहीं मिटती

❖ ❖ ❖

नहीं असत्य सम पातक पुंजा, गिरि सम होई कि कोटिक गुंजा-तुलसीदास

❖ ❖ ❖

गुरु संपूर्ण होना चाहिए। वह तो ईश्वर ही है।

❖ ❖ ❖

मूर्ख को समझाना आसान है, अर्ध-दग्ध (अल्प-ज्ञानी) को कौन समझा सकता है।

❖ ❖ ❖

जो नियमों को जानता नहीं है और उसका पालन नहीं करता है, वह लोक सेवक हो ही नहीं सकता।

❖ ❖ ❖

अनासक्ति की एक परीक्षा है कि मनुष्य राम नाम लेकर सोने के समय एक क्षण में सो सकता है।

❖ ❖ ❖

नरसिंह मेहता कहते हैं "मैं करता हूँ ऐसा कहना ही अज्ञानता की परिसीमा है।" इसके ध्यान में अनासक्ति की कुंजी है।

❖ ❖ ❖

रोगग्रस्त शरीर सहन बन सकता है, रोग ग्रस्त मन नहीं।

❖ ❖ ❖

अपने गुण आप देखें उसकी स्तुति दूसरों से करें, उससे बढ़ के नीचता क्या होगी?

❖ ❖ ❖

विषय आता है और ऐसे ही जाता है; जब वह हमे छोड़ता है तब हम दुःख पाते हैं; जब हम उसे छोड़ते हैं तब हम सुख और आनंद पाते हैं।

❖ ❖ ❖

स्वार्थ को जब मनुष्य परमार्थ मानता है, तब सियार को सिंह मानने जैसा करता है।

❖ ❖ ❖

"हिमालय दूर से ही अच्छा लगता है" ऐसे प्रायः सब चीज के लिए है।

❖ ❖ ❖

पवित्रता की परीक्षा तब होती है जब अपवित्रता से घर्षण होता है।

❖ ❖ ❖

जैसे पवित्रता का, ऐसे सब गुणों का, अहिंसा की परीक्षा हिंसा का सामना करने में होती है।

❖ ❖ ❖

अवगुण अंधेरे में फलता है, प्रकाश में गैब (गायब) हो जाता है।

❖ ❖ ❖

अहिंसा, सत्यादि स्वयं प्रकाश है। अगर नहीं है तो वह नकली वस्तु है।

❖ ❖ ❖

सजा तो वही कर सकता है, जिसके निर्णय में निश्चय है ऐसा ईश्वर के सिवाय कौन हो सकता है।

❖ ❖ ❖

बोलना या नहीं–ऐसा संशय है, तब मौन ही बोलने का स्थान लेता है।

❖ ❖ ❖

धर्म पालन खाने न खाने से नहीं होता, लेकिन ईश्वर को अंतर से और अंतर में पहचानने से ही होता है।

❖ ❖ ❖

धर्म जो दूसरों से भी वही अपेक्षा करे वह धर्म नहीं है। जैसे अहिंसा धर्म हिंसा के सामने ही प्रदर्शित होता है।

❖ ❖ ❖

तमिल कवि कहते हैं–"पानी में लिखे हुए अक्षर रहते हैं, इतना ही शारीरिक जीवन है।" इस पर बार-बार विचार करना चाहिए।

❖ ❖ ❖

मद्यपान मनुष्य को क्षण भर दीवाना बनाता है। मद उसे खा जाता है और उसे पता भी नहीं होता है।

❖ ❖ ❖

खूबी अकेले जूझने में है, विरोधी एक हो या अनेक।

❖ ❖ ❖

जो जीना नहीं जानता है वह मरना कैसे जाने?

❖ ❖ ❖

जीने के मजे जीने के जंजाल छोड़ने में है।

❖ ❖ ❖

भूतकाल हमारा है, हम भूतकाल के नहीं हैं। हम वर्तमान के हैं और भविष्य को बनाने वाले हैं, भविष्य के नहीं।

❖ ❖ ❖

सच्चा सेवक ही सद्‌गृहस्थ है। वह बदले में लेने की इच्छा न करते हुए देता ही है।

अनासक्ति के साथ अनियमितता का मेल कभी नहीं जमता है।

❖ ❖ ❖

राई जैसा दोष छिपाने से पहाड़ जैसा बनता है। जाहिर करने से नाबूद हो सकता है।

❖ ❖ ❖

मनुष्य के सच्चे दुश्मन छः होते हैं। काम, क्रोध, मोह, मद, मान, शोक। इनको जीतने से औरों को जीतना आसान बात हो जाती है

❖ ❖ ❖

देशों के बीच का समुन्द्र तैरना आसान है, व्यक्ति के बीच या प्रजा के बीच का समुद्र तैरना कठिन है।

❖ ❖ ❖

भोग को मनुष्य नहीं भुगतता है लेकिन भोग मनुष्य को भुगतता है अर्थात् खा जाता है।

❖ ❖ ❖

सब अपने समय पर वृद्ध होते हैं। एक तृष्णा ही हमेशा युवा रहती है।

❖ ❖ ❖

जो मनुष्य शर्म के मारे विवेक बताता है, वह सचमुच अविवेक का प्रदर्शन करता है।

❖ ❖ ❖

जिनको धर्म का ख्याल नहीं रहता है, ऐसे दस प्रकार के लोगों में लोभी, कामी, क्रोध और शराबी लोगों को विदुर गिनाते हैं

❖ ❖ ❖

जो भगवान में लीन है, वह भगवान के बाहर किसी में या किसी चीज में लीन नहीं हो सकता।

❖ ❖ ❖

अपना दोष दूसरे न जानते हुए जो अपने आप प्रगट करता है और लज्जित होता है, उसे दूसरा कोई लज्जित नहीं कर सकता है।

❖ ❖ ❖

निर्दोष और निःस्वप्न निद्रा समाधि है, योग है, अनासक्त कर्म है।

❖ ❖ ❖

सच्चे भक्त के लिए कुछ भी अशक्य नहीं है।

❖ ❖ ❖

भक्त भगवान में लीन होता है।

❖ ❖ ❖

कहते हैं घर जला कर तीर्थ नहीं होता। सही तो यह है कि घर जला कर ही तीर्थ होता है

❖ ❖ ❖

दूसरों के दोष ही देखना, अपने गुणों को देखने से भी नीच है।

❖ ❖ ❖

श्रद्धा बुद्धि से परे है, उसकी विरोधी नहीं है।

❖ ❖ ❖

मनुष्य अगर अपनी शक्ति के बाहर काम न ले तो घबराहट को स्थान ही नहीं रहता।

❖ ❖ ❖

जो मनुष्य एक वस्तु नहीं समझता है उसे करने के लिये उसे मजबूर करना सख्त सजा से अधिक सजा है।

❖ ❖ ❖

मैं एक आदमी को देखता हूँ और मानता हूँ, मेरा भाई है और प्रेम करता हूँ। बाद में पाता हूँ कि वह मेरा भाई नहीं है। वह जो है सो है, तो उसका त्याग करता हूँ। इसमें दोष किसका?

❖ ❖ ❖

जिस वस्तु का चितवन हो नहीं सकता, उसके बारे में तर्क वितर्क करना फिजूल नहीं तो क्या?

❖ ❖ ❖

जो मजदूरी नहीं करता लेकिन खाता है, वह चोरी का अन्न खाता है।

❖ ❖ ❖

तुम्हारे जेब में एक पैसा, वह कहाँ से और कैसे आया है, इसे अपने से पूछो। तब इस कहानी से बहुत सीखोगे।

❖ ❖ ❖

नंगों को कपड़ा देकर उनकी नदामत (अपमान) क्या करना? उनको काम दो जिससे वह निजी परिश्रम से कपड़ों के लिए धन पैदा करें।

❖ ❖ ❖

जो शरीर श्रम कर सकते हैं उनके लिए सदाव्रत खोलना पाप है। उनके लिए काम पैदा करना पुण्य है।

❖ ❖ ❖

जो श्रद्धा कभी बुझती नहीं है मगर बढ़ती है, वह अनुभव का रूप लेती है।

❖ ❖ ❖

सौन्दर्य चेहरे के रंग में नहीं है लेकिन सत्य में है।

❖ ❖ ❖

मनुष्य एक शासन के ताबे (कानून) रहता है, उसके मानी हैं कि वह व्यक्तिगत स्वातंत्र्य की कीमत देता है।

❖ ❖ ❖

जब शासन ऐसा खराब रहता है कि उसके ताबे (कानून) नहीं रह जाता है, तब व्यक्तिगत स्वातंत्र्य का त्याग कर के भी मनुष्य अहिंसक विरोध करता है।

❖ ❖ ❖

सच तो यह है कि जितने आदमी हैं उतने धर्म हैं, लेकिन जब आदमी अपने धर्म की जड़ तक पहुंचता है तो देखेगा कि धर्म तो एक ही है।

❖ ❖ ❖

साधन का हम ख्याल रखें तो साध्य हमारे पास ही है। यानी साधन और साध्य के बीच अंतर ही नहीं है, ऐसे कहा जाए।

❖ ❖ ❖

भूल कबूल करना झाड़ू के समान है। झाड़ू गंदगी साफ करती है, भूल का स्वीकार कम काम नहीं देता।

❖ ❖ ❖

एक संपूर्ण पुरुष असत्य को दूर कर सकता है। भले असत्य कहने वाले अनेक हों।

❖ ❖ ❖

त्याज्य वस्तु मुफ्त मिले तो भी न लेना कर्तव्य है।

❖ ❖ ❖

हिंसक कार्य की मर्यादा है और वह निष्फल हो सकता है। अहिंसा की मर्यादा है ही नहीं और कभी निष्फल नहीं जाती।

❖ ❖ ❖

श्रद्धा की परीक्षा सबसे कठिन अवसर पर होती है

❖ ❖ ❖

हिंसा दुर्बल का शस्त्र है; अहिंसा सबल का

❖ ❖ ❖

जो धर्म इस लोक की बात को छोड़ता है और परलोक की ही बात करता है, वह धर्म नहीं हो सकता है।

❖ ❖ ❖

पवित्रता परदे में नहीं रहती। उसे रक्षा ईश्वर की ही चाहिए।

❖ ❖ ❖

जो किसी की गुलामी करना नहीं चाहता है, उसे ईश्वर की गुलामी करनी है।

❖ ❖ ❖

जैसे मुझे खाने पहनने का हक है, उसी तरह मुझे अपना काम अपने ढंग से करने का हक है। वही स्वराज है।

❖ ❖ ❖

धर्म पालन में से जो अधिकार निकलता है, वही स्थिर रहता है।

❖ ❖ ❖

जब तक सोना और हीरा जमीन की आंतों में पड़ा है तब तक किसी के उपयोग का नहीं है। मनुष्य की मेहनत उसी जमीन में से निकलती है और सोना, हीरा बनाती है। इस दृष्टि से उसे बनाने वाला मजदूर है।

❖ ❖ ❖

किसी के विचार जानने की इच्छा न रखना, न उस पर अपना अभिप्राय बनाना। अपना विचार स्वतंत्र रूप से प्रकट करना निर्भयता का लक्षण है।

❖ ❖ ❖

जब हमारा रक्षक और साथी परमेश्वर है तो कितना भी तूफान हो, कितना भी अंधकार हो हम क्यों और किससे डरें?

❖ ❖ ❖

संपूर्ण अहिंसा में द्वेष का संपूर्ण अभाव होता है।

❖ ❖ ❖

अहिंसा में सबका भला रहता है, नहीं कि सबसे अधिक संख्या का ही भला। सब का भला सिद्ध करने के लिए आवश्यकता होने पर अहिंसक को मरना है।

❖ ❖ ❖

प्रार्थना के लिए हृदय आवश्यक है वाचा (जिव्हा) नहीं, बगैर हृदय की वाचा निरर्थक है।

❖ ❖ ❖

पवित्रता बाहर की रक्षा मांगती ही नहीं है।

❖ ❖ ❖

हमारा सबसे बड़ा शत्रु विदेशी नहीं है, न कोई दूसरा। हमारा शत्रु हम ही हैं अर्थात् हमारी वासना।

❖ ❖ ❖

मनुष्य अपने विचार का पुतला है।

❖ ❖ ❖

सही धर्म को क्षेत्र की मर्यादा नहीं होती है।

❖ ❖ ❖

अगर हम साफ कागज को देखें तो हम नहीं कह सकते हैं उलट क्या सुलट क्या। ऐसे ही अंहिसा और सत्य का है। एक के सिवाय दूसरा रह नहीं सकता।

❖ ❖ ❖

शारारिक दुर्बलता सच्ची दुर्बलता नहीं। मन की दुर्बलता ही सच्ची दुर्बलता है।

❖ ❖ ❖

सबल ही क्षमावान हो सकता है। बलहीन दण्ड़ देने में असमर्थ है। इसलिए वह क्षमावान हो ही नहीं सकता है।

❖ ❖ ❖

सेवक का सच्चा बैंक आम जनता है, जो बैंक कभी टूटता नहीं।

❖ ❖ ❖

जो त्याग दिल से नहीं होता है, वह स्थिर नहीं रहता है।

❖ ❖ ❖

दु:ख के समय जो भगवान का दर्शन करता है, उसे कोई भय नहीं लगता है।

❖ ❖ ❖

जिस तालीम का असर हमारे चरित्र पर नहीं होता है, वह किसी काम का नहीं है।

❖ ❖ ❖

स्वच्छता जब भीतरी और बाहरी रहती है, तब वह ईश्वर मयता को पहुंचती है।

❖ ❖ ❖

हे जीव। तू अनासक्त है तो तुझे शोरगुल और मारपीट को भी बरदाश्त करना है।

❖ ❖ ❖

मुझे क्या, लोग तेरी निन्दा करें या स्तुति। जो धर्म समझ, वही किया कर।

❖ ❖ ❖

अनासक्त को कभी क्रोध होना ही नहीं चाहिए।

❖ ❖ ❖

जो अर्थ शास्त्र नीति से भिन्न या विरोधी है वह निषिद्ध है, त्याज्य है।

❖ ❖ ❖

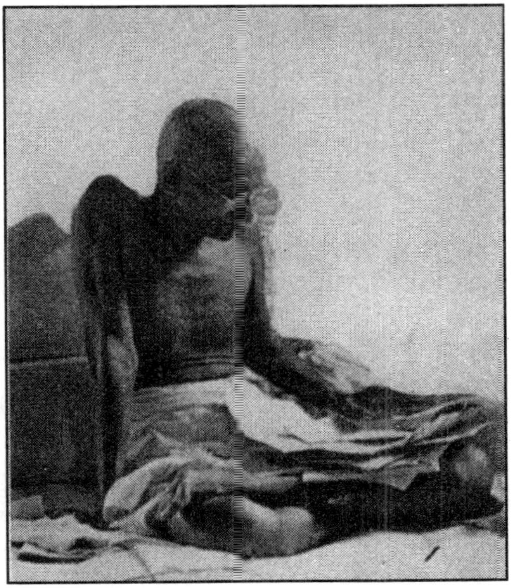

गाँधीजी पत्रों को पढ़ने में व्यस्त

मनुष्य वहां है जिधर उसका मन है नहीं कि वहाँ जिधर उस का देह है।

❖ ❖ ❖

जो विरोधी की दया की अपेक्षा करता है, सो अहिंसा नहीं है।

❖ ❖ ❖

अनासक्ति का एक लक्षण यह है अनासक्त का कोई कार्य दिन के अंत में बाकी नहीं रहता।

❖ ❖ ❖

अनासक्त को अटूट धीरज होनी चाहिए।

❖ ❖ ❖

जो मनुष्य यह मेरा और वह तेरा मानता है, वह अनासक्त नहीं हो सकता है।

❖ ❖ ❖

अनासक्त को (का) अपना कुछ नहीं हो सकता है।

❖ ❖ ❖

जो (जिस) मनुष्य का मन जान बूझ कर गंदा रहता है, उसके लिए अगर कुछ है तो राम नाम ही है।

❖ ❖ ❖

आवेश शान्त होने पर भी जो काम किया जाता है, वही फलदायी होता है।

❖ ❖ ❖

जैसे दूध में शक्कर मिलती है ऐसे विदेशी पुरूष जब स्वदेशी के साथ मिल जाता है तब ही स्वागत सत्कार के योग्य बनता है।

❖ ❖ ❖

दोष कबूल करने से ही दोष नहीं मिटता, दोष मिटाने के लिए जो शक्य है वह करना भी चाहिए।

❖ ❖ ❖

सत्य के साथ दृढ़ता होनी ही चाहिए।

❖ ❖ ❖

वहम और सत्य साथ नहीं चल सकते हैं।

❖ ❖ ❖

सिवाय मन की स्थिरता के दर्शन हो ही नहीं सकता है।

❖ ❖ ❖

जिसे ईश्वर का सहारा है उसे पंगु मानना पाप समझा जाए।

❖ ❖ ❖

त्याग ही सच्चा भोग है।

❖ ❖ ❖

सच्ची दुर्बलता बाहरी नहीं है, अंतर की ही है।

❖ ❖ ❖

एक ज्ञानी कहते हैं कि मौन से हम अपनी आत्मा के दर्शन के योग्य बनते हैं, और हमारा बाहरी वर्तन (व्यक्तित्व) अन्तर के साथ मिलता है।

❖ ❖ ❖

जब हमारा मन शांत है, तब हमें सब शक्ति भीतर से मिलती है और वह अमोघ होती है। वही ज्ञानी का वचन है।

❖ ❖ ❖

हमें बुद्धि है और इससे परे अन्तर्नाद है। दोनों की अपनी अपनी जगह जरूरत है।

❖ ❖ ❖

जीवन की सफलता का सही निशान है कि मनुष्य कोमल बनता जाता है और पीढ़ (परिपक्व)।

❖ ❖ ❖

जिसे न शांति है, न निश्चय, उसे ज्ञान कहाँ से?

❖ ❖ ❖

मनुष्य जितना बोल कर बिगाड़ता है, इतना खामोशी से कभी नहीं।

❖ ❖ ❖

जब जगत हमें गिराता है, तब ईश्वर हमारा बेली (मित्र) होता है।

❖ ❖ ❖

सब हमें भले ढीले कहें, हम आदर्श को ढीला न करें।

❖ ❖ ❖

जो मनुष्य अपने दुःखों को गाता है, वह उसे चौगुना करता है।

❖ ❖ ❖

जब तक हमें भीतर से रोशनी नहीं मिलती है, हम कुछ सही नहीं कर पाते हैं।

❖ ❖ ❖

जो मनुष्य कभी निराश नहीं होता है, वही सरदारी कर सकता है।

❖ ❖ ❖

आदर्श का ध्यान करने से उसकी विशालता नहीं बढ़ती है लेकिन गहराई अवश्य बढ़ती है।

❖ ❖ ❖

अंतर ज्ञान अमूल्य वस्तु है। उसे हम बगैर मेहनत चाहते हैं। धन, कीर्ति आदि की कुछ कीमत नहीं है। उसके लिए हम सब कुछ देने को तैयार होते हैं।

❖ ❖ ❖

बगैर निःस्वार्थता के निर्भयता कैसी?

❖ ❖ ❖

हम सत्संग ढूढ़ते हैं क्योंकि हमारी आत्मा के लिए वही खुराक है।

❖ ❖ ❖

नम्रता का ढ़ोंग नहीं चलता, न सादगी का।

❖ ❖ ❖

बगैर भीतर की शांति के बाहरी शांति कुछ काम की नहीं है।

❖ ❖ ❖

जैसे बीज को फल देने में अपनी मुद्धत चाहिये, ऐसे हर कार्य के लिए है।

❖ ❖ ❖

जो मनुष्य इर्द-गिर्द के वायु मंडल का गुलाम बनता है, वह मंद बुद्धि बनता है।

❖ ❖ ❖

जिसका मन हरेक हालत में शान्त नहीं रह सकता है, वह शान्त नहीं है, कैसे भी बाहर से शान्त लगे।

❖ ❖ ❖

संगीत गले से ही निकलता है ऐसा नही। मन का संगीत है, इन्द्रियों का है, हृदय का है।

❖ ❖ ❖

बात यह है कि जीवन संगीतमय होना चाहिए, तब हलन-चलन इत्यादि सब वर्तन में माधुर्य ही होगा।

❖ ❖ ❖

ईश्वर सर्वत्र है, इसीलिए हमसे पत्थर, वृक्ष, जन्तु, पक्षी, पशु इत्यादि के मार्फत बोलता है।

❖ ❖ ❖

जो तेरे में ही है, उसे बाहर कहाँ ढूंढ़ना है?

❖ ❖ ❖

ईश्वर के बाहर हमें (हमारी) कोई हन्ती ही नहीं है।

❖ ❖ ❖

सिवाय ईश्वर की गोद के हमें और कहीं सलामती हो ही नहीं सकती।

❖ ❖ ❖

जैसे पानी का स्वभाव ही नीचे जाने का है, ऐसे ही जो स्वभाव से नम्र है उसकी नम्रता पानी की सी जगत को लाभदायक होती है।

❖ ❖ ❖

हमारी स्थिति के कर्ता हम ही है।

❖ ❖ ❖

हमारी श्रद्धा अखंड बाती के जैसी होनी चाहिए। हमको तो प्रकाश देती ही है, लेकिन आस पास भी देती है।

❖ ❖ ❖

स्वार्थ हमेशा हमें चिन्ताग्रस्त करता है।

❖ ❖ ❖

गंगा कब सूखेगी? जब अपने मूल को छोड़े तब। ऐसे आत्मा जब परमात्मा से छूट जाए, तब ही सूख सकती है।

❖ ❖ ❖

अगर हमें एक कोस या एक हजार कोस चलना है तो पहला कदम पहला ही रहेगा, और हम दूसरे चल ही नहीं सकेंगे जब तक अगला नहीं चले हैं।

❖ ❖ ❖

सितारों से भरा हुआ आकाश और ऐसी ही खूबियों से भरा हुआ भीतरी आकाश से बढ़ कर दूसरा क्या आश्चर्य चाहिए?

❖ ❖ ❖

अगर ध्यान से देखें तो पृथ्वी पर स्वर्ग छाया हुआ है, आकाश में नहीं।

❖ ❖ ❖

जो जीवन के सुर में चलता है, उसे कभी थकान नहीं होगा।

❖ ❖ ❖

जो हमेशा सत्य के पथ पर ही चलता है, वह कभी गिरता नहीं।

❖ ❖ ❖

अहंता (अहंकार) में निकला हुआ वचन हमेशा झूठा समझो।

❖ ❖ ❖

अल्प या महादोष करना खराब है, लेकिन उसे छिपाना और खराब है।

❖ ❖ ❖

जो आदमी सत्य का सर्वथा पालन करता है, उसे हमेशा सत्य के लिए मरने की तैयारी रखना है और समय आने पर मरना है।

❖ ❖ ❖

हमसे गलती हो गई है तो उसे कबूल न करने में हम गलती को दोहराते हैं और छिपाने का और गुनाह करते हैं।

❖ ❖ ❖

सत्याग्रही वही हो सकता है जो जीने की और मरने की कला जानता है।

❖ ❖ ❖

राम नाम की भी शक्ति की मर्यादा है। क्या कोई चोर राम नाम से कामयाबी हासिल कर सकता है?

❖ ❖ ❖

जो भाता है, उसे मिलने से सही सुख नहीं मिलता। वह जो नहीं भाता है, वह भाने (पाने) से मिलता है।

❖ ❖ ❖

जिसकी आंख एक कहती है, जीभ दूसरी, हृदय में तीसरी चीज है वह घर-फूटा है, निकम्मा है।

❖ ❖ ❖

जब हम जानते हैं कि यमराज हमें ले जाएगा, हमें क्या हक है कि हम जो आज कर सकते हैं सो कल करें?

❖ ❖ ❖

अच्छा काम इसी क्षण करें, बुरा काम हमेशा मुलतबी करते रहें।

❖ ❖ ❖

जिसका साथी ईश्वर है उसको दुःख क्या, फिकर क्या, दूसरा साथी क्या?

❖ ❖ ❖

ईश्वर को याद करना दूसरों को भूलना, अर्थात् दूसरों में ईश्वर को देखना।

❖ ❖ ❖

जैसे विचार करता हूँ मालूम होता है कि हृदय से, ज्ञान से लिया हुआ राम नाम सर्व व्याधि का निवारण है।

❖ ❖ ❖

राग-द्वेषादि भी व्याधी है और शारारीक व्याधि से बदतर है। उसका निवारण राम नाम के बिना कैसे हो सके?

❖ ❖ ❖

मन का मैल शरीर के मैल से भयंकर है। लेकिन शरीर का मैल भीतरी मैल की निशानी होती है।

❖ ❖ ❖

भगवान के शरण में जो सुख रहता है, इसका वर्णन कौन कर सकता है?

❖ ❖ ❖

उम्दा ख्याल खुशबू जैसा है।

❖ ❖ ❖

हरेक प्रकृति जिसकी उत्पत्ति एक ही बीज से होती है, सब एक-एक में मिल जाती है।

❖ ❖ ❖

जो डरता है, वह मरता है।

❖ ❖ ❖

आदमी अपना दुःख हँस कर भूल जाता है। रोकर बढ़ाता है।

❖ ❖ ❖

जिंदगी का एक भी क्षण नहीं है, जिसमें आदमी सेवा नहीं कर सकता।

❖ ❖ ❖

भीतर साफ है, तो बाहर होना ही है।

❖ ❖ ❖

जब आदमी अंतर खाली करता है, तब ईश्वर वह खाली जगह भरता है।

❖ ❖ ❖

मौत से जितने लोग मरते हैं, उसमें फिकर से अधिक मरते हैं।

❖ ❖ ❖

राम नाम उसी को मदद देता है जो राम नाम लेने की शर्त का पालन करता है।

❖ ❖ ❖

जिसके साथ ईश्वर है, उसके साथ सब हैं।

❖ ❖ ❖

जिसके साथ सब कुछ है लेकिन ईश्वर नहीं, उसके पास कुछ नहीं।

❖ ❖ ❖

ईश्वर मय जीवन कभी मुश्किल नहीं है।

❖ ❖ ❖

सब शिक्षक बनें तो शिष्य कौन बनेगा? इसलिए हम सब शिष्य बनें।

❖ ❖ ❖

जब फिकर करने वाला ईश्वर है, तो हम क्यों करें?

❖ ❖ ❖

रोज मरने से बेहतर है कि एक हो दफा मरना।

❖ ❖ ❖

जब आदमी का धैर्य खूट (समाप्त) गया है, तब मौन लेकर शांत होने पर ही बोलें।

❖ ❖ ❖

जब मनुष्य अपने को पहचानता है, तब मुक्त है।

❖ ❖ ❖

जब हमारा बाहरी जीवन भीतरी जीवन पर कब्जा पाता है, तब परिणाम टेढ़ा ही रहता है।

❖ ❖ ❖

एक की क्रूरता दूसरे की अक्रूरता का नाप लेती है।

❖ ❖ ❖

राम के लायक काम किए बिना, राम नाम लेना फिजूल है।

❖ ❖ ❖

संपूर्णता मनुष्य के लिए आदर्श ही है, शक्य नहीं है क्योंकि मनुष्य अपूर्ण ही बना है।

❖ ❖ ❖

जिस त्याग में दु:ख है, वह त्याग नहीं है।

❖ ❖ ❖

अगर भीतरी बत्ती जले तो सारे जगत को प्रकाश देती है।

❖ ❖ ❖

जब तुझे सब छोड़ेगें, तब ईश्वर तो तेरे पास है ही।

❖ ❖ ❖

जब आकाश तेरे में भरा है और ईश्वर तो उसमें है ही, तो तुझे और क्या चाहिए?

❖ ❖ ❖

धैर्य के फल मीठे होते हैं।

❖ ❖ ❖

मेरे धन्धे के बारे में मैं क्यों किसी पर निर्भर हूँ?

❖ ❖ ❖

दो विरोधी वस्तु हम साथ-साथ नहीं कर सकते हैं, न हम ऐसे सोच सकते हैं।

❖ ❖ ❖

जैसे हम आदर्श के नजदीक पहुंचते हैं ऐसे हम सच्चे बनते जाते हैं।

❖ ❖ ❖

शुभ विचार करना एक बात है, अमल करना अलग बात है।

❖ ❖ ❖

गाँधीजी अपने चरखे के साथ चिंतन में व्यस्त

अकेलापन में जो लाभ है वह अनुभव से ही सिद्ध हो सकता है।

❖ ❖ ❖

श्रद्धा उस का नाम है जो विरुद्ध निशानी होते हुए अचलित रहती है।

❖ ❖ ❖

आवाज करने से आवाज नहीं मिटती है, चुपकी से मिटती है।

❖ ❖ ❖

व्याधि के डर से जितने आदमी मरते हैं, उससे कम व्याधि से मरते हैं।

❖ ❖ ❖

विभूतिमान अपनी विभूति के कारण अमर होते हैं।

❖ ❖ ❖

विभूति के कारण अमर होना बड़ी बात नहीं है। जो रोज के कार्य में अपना धर्म पूरा बजाता है, वह विशेष है।

❖ ❖ ❖

जो बुरी खबर से घबराता नहीं है, वह अच्छे खबर से फूलेगा नहीं।

❖ ❖ ❖

भलाई के साथ सब सहने की हिम्मत नहीं रहती है, तब भलाई पंगु है।

❖ ❖ ❖

हम किसी से भी बेहतर नहीं हैं इस विचार में सत्य भरा है, नम्रता है।

❖ ❖ ❖

ईश्वर है तो सब जगह फिर भी अगर हम, वह है ऐसा जानना चाहते हैं तो हमें अहंभाव छोड़ कर उसकी जगह खाली रखनी चाहिए।

❖ ❖ ❖

जब आत्मा (निजता, अहंकार) मरता है, तब परमात्मा जगह रोकता है।

❖ ❖ ❖

किसी और की गुलामी से दहशत और स्वार्थ की गुलामी बदतर है।

❖ ❖ ❖

जब सब कुछ ईश्वर का है, तब उसको क्या अर्पण करें?

❖ ❖ ❖

ईश्वर को तारनहार कह कर अपने आलस्य को बढ़ाते हैं तो गुनाह करते हैं।

❖ ❖ ❖

हम शारारीक वस्तु में फंसे रहें और आत्मानुभव की आशा करें, वह आकाश पुष्य को पाने जैसा है।

❖ ❖ ❖

जिव्हा कर्जा नहीं भरती है, लेकिन कार्य ही भरता है।

❖ ❖ ❖

जो हमारे हृदय में है उसे कभी न कभी बाहर निकलना ही है।

❖ ❖ ❖

त्रिविध ताप मिटाने वाली दवा मात्र राम बाण (राम नाम) है।

❖ ❖ ❖

राम नाम नी शरन जे पाय, लेने राम नाम हृदय बसे ने फल पाय।

❖ ❖ ❖

शुद्ध विचार की शक्ति वचन से बहुत अधिक है।

❖ ❖ ❖

अशांति और अधीरज दो व्याधि हैं और दोनों आयु हरण करते हैं।

❖ ❖ ❖

जिसको शांति नहीं व दृढ़ता नहीं, वह ईश्वर को नहीं पा सकता है।

❖ ❖ ❖

अगर आदर्श को कभी न छोड़ा जाए, तो आदर्श हमें कभी नहीं छोड़ेगा।

❖ ❖ ❖

बगैर सत्संग के आत्मा सूख जाती है।

❖ ❖ ❖

अगर हमारा पड़ोसी स्वच्छ नहीं है, तो हमारी निजी स्वच्छता पंगु है।

❖ ❖ ❖

जो नियम बाहरी स्वच्छता के लिए है, वही आंतरिक के लिए है। हमारे पड़ोसी का अंतर मैला है तो उसका स्पर्श हमको लगेगा।

❖ ❖ ❖

वीरता कोई एक ही मनुष्य का लक्षण नहीं है। सब में है, लेकिन सब पहचानते नहीं है।

❖ ❖ ❖

सत्य ऐसी चीज है जो कहने में आदमी को बार-बार सोच कर बोलना पड़ता है।

❖ ❖ ❖

ज्ञानी पुरुष त्याग से ही शांति पाता है।

❖ ❖ ❖

जब हमारे हृदय में ईश्वर का वास हो जाता है, हम न खराब विचार कर सकते हैं न खराब काम।

❖ ❖ ❖

जब मनुष्य के दिल में पूर्ण प्रकाश होता है तो कोई रुकावट उसके रास्ते में रहती ही नहीं।

❖ ❖ ❖

जीवन गुलाब का बिछौना नहीं है, काँटों की सेज़ है।

❖ ❖ ❖

जो मजा छिपे कर्तव्य में है, सो दूसरे में नहीं है।

❖ ❖ ❖

ध्यानावस्थित होना उस सूक्ष्म विचार की निशानी है जो विचारधारा को शुद्ध और परिपक्व बनाती है।

❖ ❖ ❖

जो बहुत गिनती करता है, वह आत्मदर्शन नहीं कर सकता है।

❖ ❖ ❖

राम के नाम से जो रावण का काम करे, उसे क्या कहें?

❖ ❖ ❖

जब हम कुछ भी देते हैं, तो हमारे में जो सच्चा है वही दें।

❖ ❖ ❖

जब हम जानते हैं कि एक वस्तु की दो बाजू (साईड काला-सफेद) है तो हम सफेद को देखें।

❖ ❖ ❖

आसक्ति से किया हुआ शुद्ध काम में भी दाँव-पेच आते ही हैं।

❖ ❖ ❖

जो आदमी रात को दिन बनाता है वह अनासक्त कैसे?

❖ ❖ ❖

राम नाम रस पीना है तो काम, क्रोधादि निकालना चाहिए।

❖ ❖ ❖

तेरा रिश्तेदार हो तो भी उनके दोष छिपाने की कोशिश न करें।

❖ ❖ ❖

सम तोलना सब ज्ञान में उत्तम है।

❖ ❖ ❖

आदमी अपनी भीतरी आवाज को कभी न दबाए, भले ही वह अकेला हो।

❖ ❖ ❖

जब तक प्रेरणा को बुद्धि का समर्थन नहीं होता, तब तक वह पंगु है।

❖ ❖ ❖

नदी जल अपने मूल से छूटती है तो सूख जाती है। ऐसे ही जब हम अपने मूल परमात्मा से छूट जाते हैं, तो सूख जाते हैं।

❖ ❖ ❖

शुद्ध विचार ऐसी सूक्ष्म वस्तु है और इतनी बेगवान वस्तु है कि व्यापक बन जाती है।

❖ ❖ ❖

जो मनुष्य सत्य का आग्रह रखता है उसमें विवेक दृष्टि होनी चाहिए, समय की भी होनी चाहिए, विरोध पक्ष अच्छी तरह समझना चाहिए।

❖ ❖ ❖

जब सत्य यानी ईश्वर अपने साथ है तो जगत साथ दे तो क्या? न दे तो क्या? मरे तो क्या, जिए तो क्या?

❖ ❖ ❖

अगर तू ईश्वर के सामने खड़ा होना चाहता है, तो अहंकार का जामा उतार कर जा।

❖ ❖ ❖

जो आदमी को हरेक चीज अपनी जगह रखने की आदत नहीं है वह मूरख है। बहुत वक्त उस चीज के ढूंढने में गँवाता है।

❖ ❖ ❖

ईश्वर शक्ति ऐसी सत्ता है, जिसके सामने कुछ भी टिक नहीं सकता।

❖ ❖ ❖

जब सब सरल होता है, जब ईश्वर का नाम लेते हैं लेकिन जब मन टेढ़ा होता है, तब जो ईश्वर को याद करता है वह सच्चा भक्त है।

❖ ❖ ❖

जब आप (स्वयं) को मनुष्य खोता है, तब ही आप (स्वयं) को पाता है।

❖ ❖ ❖

जड़ को छोड़कर जो डाल खोजता है, वह भटकता है।

❖ ❖ ❖

राम नाम रूपी अमृत आत्मा को आनंद देता है, शरीर की व्याधि दूर करता है।

❖ ❖ ❖

जब हम अपने मूल से जुदा होते हैं तब मरते हैं, नहीं कि आत्मा से शरीर जुदा होता है तब।

❖ ❖ ❖

ध्यानावस्थित होने से हम मंद नहीं होते हैं।

❖ ❖ ❖

ध्यानावस्थित दृढ़ बनता है, स्पष्ट बनता है।

❖ ❖ ❖

जैसे टीपे-टीपे (बूंद-बूंद) सरोवर भरता है ऐसे ही एक एक मिनट की हार्दिक प्रार्थना भी आत्मा का कल्याण करती है।

❖ ❖ ❖

मनुष्य अकेला कुछ नहीं है लेकिन जब वह ईश्वर का बनता है, तब सब कुछ होता है।

❖ ❖ ❖

जब हमारा प्रेरक भगवान होता है तब हमको कोई और ख्याल नहीं करना पड़ता है।

❖ ❖ ❖

जो धीरज खोता है, वह सत्य खोता है, अहिंसा खोता है।

❖ ❖ ❖

सच के जैसा कोई सुख नहीं, झूठ के जैसा कोई दुःख नहीं।

❖ ❖ ❖

ताज्जुब तो यह है कि जानते हुए कि सच्चा सुख कहाँ है, आदमी झूठ के पीछे जीवन देता है।

❖ ❖ ❖

जो कुछ हम करें सो न किसी को खुश करने के लिए, न रंजीदा करने के लिए, सिर्फ अपने ईश्वर को खुश करें।

❖ ❖ ❖

अगर सौ दफा एक बात कहने से भी वह न सुने तो भी बार-बार कहते रहना वही धीरज कहलाता है।

❖ ❖ ❖

जब सेवा अनिच्छा होते हुए लेनी पड़ती है और सेवा आनंद पूर्वक नहीं होती है तब सेवा दुःखद होती है।

❖ ❖ ❖

मनुष्य जब अपने स्वभाव को दबाता है, तब सावधानी की बड़ी आवश्यकता है।

❖ ❖ ❖

स्वभाव अगर बुरा है तो उसे दबाना नहीं, पर उसे फेंक देना।

❖ ❖ ❖

जो समय बचाना चाहता है वह अनावश्यक बात एक भी नहीं करेगा।

❖ ❖ ❖

जो ईश्वर के कानून का पालन करता है वह कभी दूसरे कानून की, जो (ईश्वर) का ईश्वरी-कानून से विरोधी है, परवाह नहीं करेगा।

❖ ❖ ❖

अगर सत्य किसी को बताना है, तो अटूट धैर्य चाहिए।

❖ ❖ ❖

समुद्र में कितना तूफान होता है, तो भी समुद्र अपनी शांति नहीं छोड़ता है।

❖ ❖ ❖

जब आदमी अपना काम नहीं कर पाता है, क्यों व्याकुल बनता है।

❖ ❖ ❖

सादगी में भलाई है, महत्त्व है, नहीं दौलत में।

❖ ❖ ❖

धैर्य से बहुत काम बनते हैं, अधैर्य से बिगड़ते हैं।

❖ ❖ ❖

जब तक शरीर, मन और आत्मा के बीच में मेल नहीं होता है, कुछ भी काम सीधा नहीं बनता है।

❖ ❖ ❖

सादगी बनाने से नहीं बनती, स्वभाव में होनी चाहिए।

❖ ❖ ❖

सत्य के उपासक के लिए स्तुति और निन्दा एक ही होनी चाहिए। इस वास्ते वह स्तुति सुनेगा नहीं और निंदा से गुस्सा नहीं करेगा।

❖ ❖ ❖

अमृत में भी जहर पड़ने से जहर बन जाता है।

❖ ❖ ❖

जो ईश्वर के सन्मुख है, वह बोलता नहीं, बोल सकता नहीं।

❖ ❖ ❖

मनुष्य को दो आंखें हैं और दो कान, एक जिव्हा, इसलिए देखें इससे आधा बोलें, और सुनें इससे और आधा बोलें।

❖ ❖ ❖

अपने को धोखा देने की मनुष्य की शक्ति अजीब है।

❖ ❖ ❖

दोष में थोड़ा बहुत क्या? दोष तो दोष ही है। अन्यथा मानने में आत्म वंचना होती है।

❖ ❖ ❖

किसी भी वस्तु को तोड़ना आसान है, साधने में बड़ी कुशलता और सावधानी चाहिए।

❖ ❖ ❖

जब हम अपना ही ख्याल करते हैं, तब दूसरों का ख्याल करने से वह छूटता है।

❖ ❖ ❖

मनुष्य बाहर से ढूंढकर अपने को बढ़ा नहीं सकता है। बढ़ने का स्थान भीतर है।

❖ ❖ ❖

शुद्ध प्रेम सब थकान दूर करता है।

❖ ❖ ❖

आदमी हैवान काम करे तो आदमी होने का दावा कैसे करे?

❖ ❖ ❖

जब बुद्धि और श्रद्धा के बीच में भेद है, तब श्रद्धा को मान देना अच्छा है।

❖ ❖ ❖

लोगे की निंदा से जो डरता है, वह महत्व का काम नहीं कर सकेगा।

❖ ❖ ❖

अपनी-अपनी जगह पर सब उचित है, जगह के बाहर अनुचित।

❖ ❖ ❖

अतिश्योक्ति के जाल में से आदमी छूट नहीं सकता है, ऐसा प्रतीत होता है।

❖ ❖ ❖

आग्रह सत होता है, असत् भी। असत् से नहीं छूटता, सत को नहीं छूता।

❖ ❖ ❖

बगैर समझ के न कुछ करना, न पढ़ना।

❖ ❖ ❖

बलिदान वही कर सकता है जो शुद्ध है, निर्भय है, योग्य है।

❖ ❖ ❖

निराशा आदमी को खाती है।

❖ ❖ ❖

ईश्वर को पहचानना है तो स्वार्थ और भय को छोड़ना ही है।

❖ ❖ ❖

बलात्कार के वश होना नामर्दी की निशानी है।

❖ ❖ ❖

गंगा जल को छोड़कर प्यास मिटाना और ईश्वर को छोड़कर आत्मतृप्ति करना सरीखा असंभव है।

❖ ❖ ❖

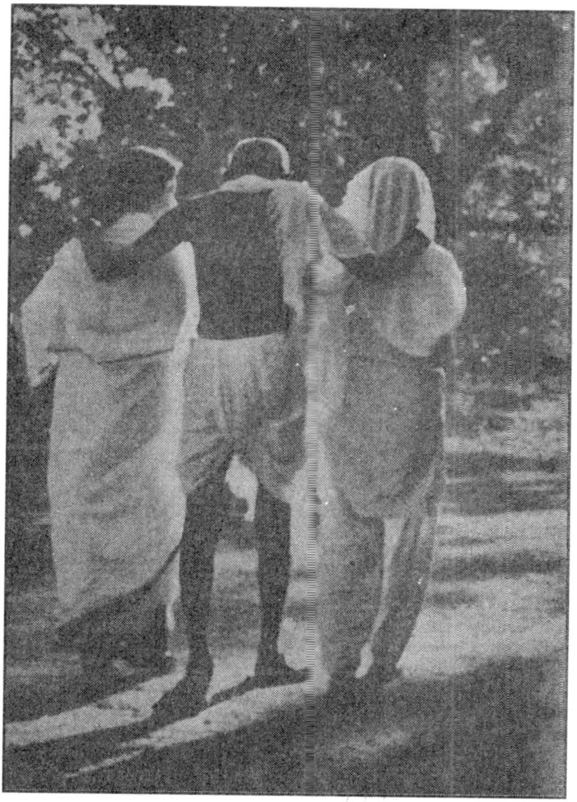

गाँधीजी सांध्य प्राथना सभा नें लौटते हुए । (1947)

सबसे बड़ी चुप।

❖ ❖ ❖

घमंडी को प्रकाश मिल ही नहीं सकता।

❖ ❖ ❖

सिवा विरोध्र के कोई आगे नहीं बढ़्ता है।

❖ ❖ ❖

जो अपने को नहीं पहचानता है, वह नष्ट होता है।

❖ ❖ ❖

मनुष्य शरीर वाजित्र (वाद्ययन्त्र) है। जैसा सुर निकालना है, निकल सकता है।

❖ ❖ ❖

विचार लो (लौह) खंड की दीवार को भी भेदता है।

❖ ❖ ❖

मौत की धमकी से क्या डरना, क्योंकि वह तो सदा की है ही।

❖ ❖ ❖

हम सब दीवाने हैं। उनमें कौन किसको दीवाना कहे?

❖ ❖ ❖

जब हम पाटी (स्लेट) साफ करते हैं, तो उस पर ईश्वर के हस्ताक्षर स्पष्ट देखते हैं।

❖ ❖ ❖

हमारे हृदय की गद्दी पर खुदा बैठे और शैतान भी, नहीं हो सकता।

❖ ❖ ❖

धर्म के लिए मरना अच्छा है। धर्मांधता के लिए न जीना, न मरना।

❖ ❖ ❖

प्रार्थना से आंतरिक शक्ति बढ़ती है।

❖ ❖ ❖

भीतर का सौन्दर्य देखो तो बाहर का फीका लगेगा।

❖ ❖ ❖

जो जीवन सेवा में व्यतीत होता है, वही फलदायी है।

❖ ❖ ❖

खूबी की बात है कि हम बाहर की बात के बारे में बड़ा परिश्रम करते हैं, अंतर के लिए कुछ ख्याल तक नहीं।

❖ ❖ ❖

अगर हम दुःख के समय भी ईश्वर की हाजिरी को पहचान सकें तो हमारे लिए खैर है।

❖ ❖ ❖

आत्मा का दर्शन जितना होता है इतना ही मनुष्य आगे बढ़ता है।

❖ ❖ ❖

जैसे एक फोड़ा भी आदमी को तंग करता है, उससे भी बदतर उद्विग्नता है।

❖ ❖ ❖

कहा जाता है भूख का दुःख बड़ा है। अगर हम इंसान रहना चाहें तो उस दुःख को भी भूलें।

❖ ❖ ❖

अनासक्ति कितनी कठिन है, अनुभव से ही पता चलता है।

❖ ❖ ❖

आप खुदी में सब मुसीबत भरी है।

❖ ❖ ❖

विचार शून्य जीवन पशु जीवन जैसा है।

❖ ❖ ❖

अगर तुझे चिढ़ना है तो दूसरों की गफलत से क्यों? अपनी गफलत पर चिढ़।

❖ ❖ ❖

हार्दिक श्रद्धा और श्रद्धा की इच्छा में बड़ा अंतर है यह नहीं जानने से आदमी धोखे में पड़ता है।

❖ ❖ ❖

भौतिक ज्ञान सबके नसीब में नहीं है। आत्म–ज्ञान सब पा सकते हैं, पाने का सबका धर्म है।

❖ ❖ ❖

सीधी और सौ प्रतिशत सच्ची बात तो यह है कि सिवाय राम नाम के और विचार न करें तो सब विचार अपने आप ठीक होते हैं, और सब काम भी।

❖ ❖ ❖

करना है ईश्वर का काम, लेकिन वह हम कैसे जानें?

❖ ❖ ❖

ईश्वर का काम जाने (जानने) का साधन है हार्दिक प्रार्थना और तद्नुसार काम।

❖ ❖ ❖

श्रद्धा ही जिन्दगी का सूरज है।

❖ ❖ ❖

अगर एक आदमी भी सम्पूर्ण हो सकता है तो सब हो सकते हैं, ऐसा मानना ही न्याय है।

❖ ❖ ❖

कैसी दुःख की बात है कि मनुष्य जानता है तो भी गिरना पसन्द करता है।

❖ ❖ ❖

हम बड़ी बातों को न सोचें, अच्छी सोचें।

❖ ❖ ❖

अगर लोग हमको स्वप्नावस्थित समझें तो क्या हुआ?

❖ ❖ ❖

□□□